Pascale Kramer
Die unerbittliche Brutalität des Erwachens

Pascale Kramer

Die unerbittliche Brutalität des Erwachens

Roman

Aus dem Französischen
von Andrea Spingler

Rotpunktverlag

ch reihe

*Literatur aus der Schweiz
in Übersetzungen*

Das Buch erscheint mit Unterstützung der ch Stiftung
für eidgenössische Zusammenarbeit, Organisation aller 26 Kantone.

Die Übersetzung wurde von Pro Helvetia gefördert.

Die Originalausgabe ist 2009 unter dem Titel *L'implacable brutalité
du réveil* bei Mercure de France erschienen.
© 2009 Mercure de France, Paris

Umschlagfoto: Pool am Sherbourne Drive
Druck und Bindung: Friedrich Pustet KG, Regensburg

ISBN 978-3-85869-555-0
1. Auflage

Für Milan Janic,
mit dem Leben davongekommen

I

Sommer 2004, Sherbourne Drive

Es herrschte vollkommene Ruhe. In der beinahe reglosen Wasseroberfläche des Pools spiegelten sich der Himmel und die Galerien. Alissa schob mit der Fußspitze eine Bonbontüte hinein, die jemand auf den Kieselsteinen an der Schuppenwand fallen gelassen hatte. Auf ihrem Arm lag Una, fast nackt, und saugte mit geballten Fäusten. Das kleine Gesicht schwoll vor Anstrengung rot an, eine sonderbare Zeichnung winziger weißer Punkte bildete sich um die Nase. Alissa konzentrierte sich auf den schmatzenden Kiefer, das nasse Gefühl war verwirrend. Unter ihrer Hand hob sich sanft der filigrane Brustkorb, über dem sich die Haut runzelte. Sie klebten beide ein wenig. Auch der Kleinen musste heiß sein, doch Alissa konnte sich nicht entschließen, sie wieder mit ins Wasser zu nehmen, Unas milchiger Blick und ihr panisches Gezappel hatten ihr so beängstigend bewusst gemacht, wie zerbrechlich dieses Leben noch war, für das sie nun die Verantwortung trug.

7

Das Handy lag am Beckenrand, nicht weit von der Palisadenwand, die unter wucherndem Jasmin die Müllcontainer verbarg. Alissa hatte es dort hingelegt, damit Richard ihnen beim Baden zuhören und sie mit seinem Lachen ermutigen konnte, das, verzerrt vom Echo des Lautsprechers, wie ein raues Husten klang. Eine Stunde war das her. Seitdem hatte Alissa mit niemandem geredet, hinter der grauen Front der Moskitonetze hatte es nicht die geringste Bewegung gegeben, nur die Klimaanlagen summten zum langsamen Verrinnen der Zeit. Sie waren erst in der letzten Woche eingezogen. Am Wochenende waren ihre Eltern gekommen, um ihnen zu helfen, Richards Bruder hatte den ganzen Abend Regale aufgestellt und die Nacht auf dem Sofa zugebracht, von dem aus er noch lange durch die Wand mit ihnen scherzte. Nichts hatte darauf hingedeutet, dass während der langen stillen Stunden, die sie mit Una würde verbringen müssen, in der weiß-blauen Hitze der Wohnanlage niemand da sein könnte. Alissa war zum ersten Mal allein, mit ihren siebenundzwanzig Jahren, allein, wie man es ist, wenn niemand einem zusieht. Sie konnte diese Stille, diese Abwesenheit von Blicken noch nicht in Worte fassen.

Una schlief ein, das Gesicht in die weiche Brust gedrückt. Alissa löste sich behutsam, zog ihren Badeanzug über der harten Brustwarze zurecht und legte Una in die runde Schale des Babysitzes. Der schrumplige, schlaffe kleine Körper mit dem baumelnden Kopf fühlte sich in ihren Händen unangenehm an. Es war kaum drei, die Luft war trocken. Ein schwerer schokoladenbrauner Käfer flog mit aufreizendem Gebrumm über die glühenden Steinplatten. Alissa verscheuchte ihn mit einer Zeitschrift. Ihre Stimmung war schwankend. Sie erhob sich von ihrem Badetuch, wusste aber nicht, was sie tun sollte. Der Pool lag jetzt halb im Schatten; im dunkleren Blau waren auf dem Grund weiße Risse zu erkennen. Alissa glitt, fröstelnd den Bauch einziehend, ins Wasser und durchquerte das nicht sehr tiefe Becken, um das Telefon zu holen, das sie unverschämt heiß fand. Ihre Mutter hatte sie immer noch nicht angerufen. Alissa wollte sich einreden, dass es das war, was sie bedrückte: ihr Groll, plötzlich so verlassen zu sein. Sie wusste sich im Recht, wenn sie ihrer Mutter grollte, das war das unantastbare Privileg einer geliebten Tochter. In ihrem momentanen Zustand war es eine Hilfe. Sie wählte erneut die Nummer, traf wieder auf den Anrufbeantworter, bat ihre Mutter zurückzurufen, rasch, mit einer Stimme, in der trotz üblichem *Küsschen* und *Ich hab dich lieb* Ungeduld und Klage vernehmbar waren.

Als sie aus dem Becken stieg, stand ein Mann mit dunklem, zurückgekämmtem Haar rauchend am Geländer des zweiten Stocks und beobachtete sie. Ein diskretes Stacheldrahttattoo mischte sich mit der spärlichen Behaarung seines nackten Oberkörpers. Er nickte ihr zu und verlagerte dann mit einer katzenhaften Be-

9

wegung das Gewicht von einem Ellbogen auf den andern, um fragend oder entschuldigend mit seiner Zigarette in Richtung Babyschale zu deuten. Alissa begnügte sich mit einem Schulterzucken. Die Anwesenheit des Mannes weckte in ihr das unbehagliche Gefühl, auf der Hut sein zu müssen. Sie wandte sich ab, um sich das Badetuch umzuknoten, klemmte die Zeitschriften seitlich in die Babyschale und ging hinauf zur Wohnung, wobei sie zwischen den Stufen der Wendeltreppe hindurch den Beckenrand beobachtete. Die Galerie klang hohl unter ihren Füßen; es war blendend hell, und Alissa meinte, als sie die Tür öffnete, einen dunklen Lufthauch zu spüren. Ihre Wohnung, ganz am Ende und quer zur Galerie gelegen, war die einzige, die nicht direkt auf den Pool hinausging. Die Klimaanlage befand sich im Schlafzimmer; sie verdeckte die Hälfte des Fensters auf der Seite des schmalen Durchgangs, wo sich zwischen den Häusern die Müllcontainer aneinanderreihten. Im kaum gekühlten Wohnzimmer hing ein süßlicher, durchdringender Geruch, der nicht von ihnen kam, mit dem sie sich nie würde abfinden können.

Ihre Mutter und Richard hatten sich um die Wohnungssuche gekümmert. Sie hatten die Wohnung zunächst einmal ohne Alissa angeschaut und sie perfekt gefunden. Alissa hatte sich damit begnügt, bei der zweiten Besichtigung ihr Urteil zu billigen. Das war zwei Wochen her, sie hatte gerade entbunden, die Welt war ins Wanken geraten. Die nicht nachlassende Aufmerksamkeit um sie herum hatte sie davon überzeugt, dass sie erwachsen sein und ihr eigenes Zuhause haben wollte. Das Viertel war gut, die Anlage hell und beinahe neu, doch genau von diesem Beinahe rührte der Geruch her. Alissa setzte die Babyschale auf dem Teppichboden ab und blieb stehen, fröstelnd und gekränkt angesichts der Berge von Zeug, das eingeräumt werden musste.

Ihre Mutter hatte schließlich angerufen, eine Stunde nachdem Alissa in die Wohnung zurückgekehrt war, eine Stunde, die sie damit verbracht hatte, dem beunruhigenden Hecheln der schlafenden Una zu lauschen, das klang, als zöge sich in diesem Zimmer mit den vom Kasten der Klimaanlage beschatteten Fenstern auch um sie der Raum zusammen. Ich habe mit deinem Vater gesprochen, ich lasse mich scheiden, hatte sie auf die Vorwürfe ihrer Tochter lediglich erwidert und hinzugefügt, ich werde es dir erklären, ich bin unten, ich parke ein.

Sie könne nicht lang bleiben, aber es sei ihr wichtig, dass Alissa Bescheid wisse, sagte sie, während sie zwischen all den Kartons mit den Siebensachen einer verwöhnten Jugend nach einem Platz für ihre Tasche suchte. Ihre Gesten verrieten nicht die mindesten Skrupel; sie blieb immer die Gleiche mit ihrer hageren Raucherinnenfigur, und wie immer trug sie eine weiße Hemdbluse zu der Hose mit schmalem Flechtgürtel. Sie legte rasch den Arm um ihre Tochter, die im Schneidersitz neben der Babyschale saß; die Kleine schlief unter dem weißen Gazeschleier. Alissa reagierte nicht, entschlossen, die Erklärungen, die kommen würden, mit größtmöglichem Schweigen zu beantworten. Ihre Kehle war so trocken, dass sie das Gefühl hatte, Sägemehl zu schlucken.

Im Schaukelstuhl zurückgelehnt, erzählte ihre Mutter, es gebe einen anderen Mann in ihrem Leben, er sei deutscher Herkunft und lebe seit zehn Jahren in Sherman Oaks. Sie sagte nicht, wo sie ihn kennengelernt hatte, und auch nicht, was er machte, nur dass sie verrückt nach ihm sei, und das sei auch schon alles. Der violette Nagel ihres Daumens rieb am Filter einer erloschenen Zigarette, die sie nachher im Auto weiterrauchen würde. Sie schien entschlossen, sich alle nötige Zeit zu nehmen, um das Zerstörungswerk zu vollenden. Alissa hob ihren Zorn für später auf, im Moment hörte sie zu, ohne die Babyschale aus den Augen zu lassen, und hoffte, durch ihre Ruhe die Selbstgewissheit, mit der ihre Mutter plötzlich glaubte, so etwas tun zu dürfen, ins Wanken zu bringen.

Stets war sie, Alissa, die Schönheit, die liebevoll Umsorgte gewesen. In ihrer Kindheit in der Denslow Avenue hatte die Mutter ihr, solange sie zurückdenken konnte, jeden Abend, nachdem sie ihr vor dem Schlafzimmerspiegel das Haar gebürstet hatte, für die Nacht ein wenig von ihrem Parfum aufgelegt und ihr zugeflüstert, es sei ein Geschenk fürs Leben, so hinreißend auszusehen wie sie. Auf ihren eigenen vom Fasten ausgemergelten Zügen verweilte ihr Blick nie lange; er drückte dann ein Missfallen aus, das Alissa faszinierte, sie beglückte wie eine Garantie für die Liebe, mit der sie immer umhegt werden würde. Und nun kehrte sich etwas um, entglitt ihr, etwas, was sie noch nicht definieren konnte.

Ihre Mutter schwieg, den Arm kokett auf einen aufgerissenen Umzugskarton gestützt, der in sich zusammensank. Der Ärmel ihrer Bluse war hochgekrempelt, an ihrem sehnigen Arm glänzte ein diamantenbesetzter dünner Goldreif. Es war ein Geschenk ihres Mannes zum zwanzigsten Hochzeitstag. Alissa dachte, dass sie ihn nach der Scheidung weiterhin tragen würde, und erkannte an diesem Detail, dass ihre Mutter tatsächlich im Begriff war, sie alle zu verraten.

Kommende Umwälzungen zeichneten sich ab, es war, als löste sich alles auf, langsam und unerbittlich. Soll das heißen, das Haus in der Denslow Avenue wird verkauft?, fragte sie aus Grausamkeit, vor allem sich selbst gegenüber. Ihre Mutter machte mit der Hand, die die Zigarette hielt, eine wegwerfende Bewegung. Ich weiß nicht, was dein Vater beschließen wird, ich könnte mir denken, dass er mir wehtun will und es verkauft. Sie war wohl nicht so unbekümmert, wie sie sich gab, doch ihre zur Schau gestellte Sicherheit wirkte überzeugend und seltsam erbarmungslos. Alissa wollte es nicht glauben, dass sie an diesem Tag unerhörter Erschöpfung anstelle des Mitleids, das sie so dringend gebraucht hätte, die plötzliche Härte ihrer Mutter ertragen musste.

Machst du das jetzt, weil ich weg bin? Ihre Mutter zog die Augenbrauen hoch und wischte sich eine Locke aus der Stirn. Ich mache das, weil es sich so ergeben hat. Was sonst hast du zu hören gehofft? Nichts, ich meine nur, es trifft sich gut, dass ich nicht mehr zu Hause bin. Die Mutter rieb ihre geschminkten Lippen aneinander und musterte ihre Tochter, die Erregung und Zorn zu überwältigen begannen. Ich habe gewartet, bis du dich eingerichtet hast, das stimmt. Und es war an der Zeit, glaubst du nicht? Mechanisch holte sie das Feuerzeug aus ihrer Handtasche. Und, weißt du, es macht mich sehr froh, dass du in deinem Alter dein Glück gefunden hast. Alissa beugte sich über die Babyschale, um ihre so ungerechte und abgeklärte Mutter nicht sehen zu müssen. Una wachte schweißgebadet auf, und in diesem grässlichen Augenblick, in dem Alissa nur daran denken konnte, welche Gewalt ihr angetan wurde, versetzte sie das jähe Gestrampel in Panik. Als sie mit Unas Kopf vor lauter Hektik an den Griff der Trageschale stieß, nahm sie sich diese Unbeholfenheit vor den Augen ihrer Mutter übel, hoffte aber zugleich, die Mutter würde sie ein Weilchen ablösen, das Kind irgendwohin mitnehmen, und sei es nur eine Stunde, eine Stunde, in der sie nichts mehr zu hören, für nichts mehr verantwortlich zu sein brauchte. Die Kleine schrie, bäumte sich auf. Alissa hatte Angst, sie fallen zu lassen, sie schaffte es nicht, ihren BH aufzuhaken. Es war unmöglich, so gebraucht zu werden, unmöglich, dass Selbstverwirklichung aus dieser

Abhängigkeit, dieser unablässigen, ausweglosen Unruhe entstehen konnte.

Nachdem sie ein wenig gezappelt hatte, fand Una die Brust, an der sie ein letztes Mal aufschluchzte. Alissa öffnete leicht den Mund und atmete den Stress aus. Ihre Mutter schaute ihnen mit einem breiten, friedlichen Lächeln zu. Sie legte die Zigarette weg und kramte auf der Suche nach dem Fotoapparat in ihrer Tasche. Was machst du denn, ich weine doch, regte Alissa sich auf und strich sich die Haare ins Gesicht. Ihre Mutter hielt inne, mit geradem Rücken, eine Strähne wie ein Komma auf der Stirn.

Ich wollte meine Enkelin fotografieren, aber wenn du nicht willst, meinte sie nur und steckte den Fotoapparat wieder ein. Bei jeder Kapitulation schlug sie diesen gleichgültigen Ton an. Sie zeigte ihre Schwäche mit einer Art Überheblichkeit, wahrscheinlich wäre sie sogar überrascht gewesen, dass man sie für schwach hielt, oder sie hätte die mütterliche Hingabe als Entschuldigung angeführt. An diesem Tag jedoch gab sie nicht klein bei, sie verlor das Interesse oder stellte zumindest mit Vergnügen fest, dass nichts sie erschüttern konnte. Es war offensichtlich wohlkalkulierter Sadismus.

Erkläre mir wenigstens, warum du weinst, bat sie nach einer Weile. Alissa presste Una an ihre Brust und versetzte dem Teppichboden einen Tritt mit dem Absatz. Seit jeher erzählst du, dass deine Familie dein größtes Glück ist, also sag mir, was ich glauben soll, fauchte sie.

Es hat gestimmt oder zumindest habe ich das immer geglaubt, aber die Liebe geht vorbei, so ist das eben. Alissas Kinn zitterte. Du fragst dich nicht einmal, was mir das ausmachen könnte, erwiderte sie darauf, indem sie sich mit der Kleinen im Arm mehr schlecht als recht erhob. Sie kämpfte mit den Tränen, die Unordnung bedrückte sie. Ihre Mutter hob ihr Gesicht mit den hohen Wangenknochen, den tiefen Augenhöhlen, den geschminkten Lidern, die ein unmerkliches Zucken durchlief, zu ihr empor. Du bist wirklich dreist, befand sie mit einem empörend mitleidigen Lächeln. Da schob Alissa mit dem Fuß die Babyschale beiseite und ging hinaus auf die Galerie, ihre Tochter in egoistischem Ingrimm fest an sich gedrückt: Welche Veränderungen auch drohten, Una gehörte ganz ihr.

Die Sonne hatte sich von dem noch warmen Beton zurückgezogen. Die Wasseroberfläche des Pools unten wirkte tot ohne die kleinen Lichtwellen; eine Zigarettenkippe schwamm darauf und die Bonbontüte, die Alissa vorhin hineingeworfen hatte. Die Brise ließ das Tor des Zauns schlagen, durch das sich ein Hund stahl. Alissa holte tief Atem, das beruhigte sie. Sie spürte Unas scharfe kleine Fingernägel auf ihrer Haut kratzen. Ihre Mutter beobachtete sie von der Tür aus, die Arme über der Brust verschränkt, die Zigarette in einer Hand und das Feuerzeug mit ihren Initialen in der anderen. Warum reagierst du so, das ist schrecklich ungerecht, sagte sie, während sie sich mit den Ellbogen aufs Geländer stützte.

Alissa hätte sie fast angefleht aufzuhören, so sehr verunsicherte sie ihre plötzliche Feindschaft. Du kannst dir nicht vorstellen, wie müde ich bin, wich sie aus. Wir hätten warten müssen, bis wir etwas Größeres finden, hier ist es unmöglich. Die Worte kamen stockend aus ihrem verkrampften Mund. Die Mutter ließ sie ausreden, sie zündete ihre Zigarette an und blies den Rauch zu dem Hund hinunter, den eine Frau im Pareo an die Leine genommen hatte. Sie beugte sich stets Alissas Wünschen, die sie mit ungeheurer Intuition erriet, aber auch das würde sich ändern.

Wenn du eine teurere Wohnung willst, musst du mit deinem Vater reden, ich werde von jetzt an noch knapper sein als ihr beide. Wie konnte sie plötzlich so unnachgiebig sein und vor allem so sicher, dass sie ohne Geld auskommen würde? Die Art, wie ihre Mutter sich weigerte, sie zu bedauern für das, was sie ihr antat, versetzte Alissa in Empörung, ja in Panik. Die Tränen tropften auf ihr T-Shirt und auf Unas Gesicht; die Angst schnürte ihr die Kehle zusammen. Als ihre Mutter sie so erbarmenswert sah, legte sie ihr den Arm um den Hals und zog sie an sich. Ihr Mund berührte das Haar ihrer Tochter, drückte sich dann an ihr Ohr. Alissa ließ es geschehen. Sie erschauerte unter den violetten Nägeln in ihrem Nacken, die zum Schädel hinaufwanderten. Mit dieser Liebkosung war sie als kleines Kind in den Schlaf gewiegt worden, wenn sie sich aufgeregt, wenn sie sich übergeben oder etwas angestellt hatte. Sie ahnte, dass ihre Mutter wieder das alte besitzergreifende und allmächtige Vergnügen dabei fand, und nahm es sich übel, dass sie selbst so schwach, so voller Groll, so traurig und entsetzt war. Dann begann Una wieder an ihrer Brust zu weinen, und plötzlich hatte sie einen Tetanieanfall, der ihr die ganze untere Gesichtshälfte verzerrte. Ihre Mutter, die ihr immer noch über den Nacken strich, flüsterte beruhigend auf sie ein und nahm ihr die Kleine ab.

Richard würde gleich auf der Galerie erscheinen – Alissa erkannte die Energie, mit der er die Türen öffnete und die Treppe hinaufstürmte. Er hatte seine Krawatte gelöst und wedelte mit ihr, als er sich seiner Tochter näherte. Alissa hörte das leise Quietschen seiner Sohlen auf dem Beton. Sie drehte sich zu ihm um und nahm dabei plötzlich mit der panischen, anklagenden Geste einer Verletzten die Hände von ihrem Gesicht. Er stand überrascht vor ihrer verkrampften Grimasse, ein Lächeln auf den Lippen. Sein Hemd war feucht unter den Achseln, und sein rotblondes Haar kringelte sich auf der Stirn. Er nahm Una, die seine Schwiegermutter ihm mit einem ermutigenden Blick reichte, legte sie in seine Armbeuge und gab ihr seinen Finger zum Saugen. Auf der Galerie des zweiten Stocks warf jemand, zweifellos der Mann von vorhin, einen Schatten über das Geländer. Er musste seine Tür offen gelassen haben, denn man hörte die blecherne Musik eines alten Films. Alissa flüchtete sich auf ihr Bett.

Im Schlafzimmer war es düster, sie fand es unerträglich, wie dunkel die Wohnung war. Sie zog sich das Laken über den Kopf, um sich vor der Kühle der Klimaanlage zu schützen. Aus dem Wohnzimmer drangen die immer heisereren und inständigeren Schreie der Kleinen zu ihr, während die Tetanie, beruhigend wie ein sicherer Hort, unablässig an ihren Muskeln zerrte.

Neben ihr senkte sich die Matratze unter dem Gewicht ihrer Mutter. Sie hatte eine Plastiktüte gebracht, Alissa hörte es dicht an ihrem Gesicht knistern. Atme einen Moment da hinein, dann geht der Anfall vorbei, sagte sie und fasste ihre Tochter an der Schulter, um sie auf den Rücken zu drehen. In ihrem Schwindel nahm Alissa undeutlich die Hand ihrer Mutter wahr, die ihr die Tüte vor den Mund hielt, die gestapelten Umzugskartons an der Wand und hoch über ihr Richards rotes Gesicht, das er an den Kopf der schluchzenden Una schmiegte. Er lächelte ihr zu, ermutigend, besorgt, nachdrücklich. Du siehst doch, dass ich sie nicht nehmen kann, weinte Alissa und atmete keuchend in die Plastiktüte.

Es wurde Abend, als sie erwachte. Das Vibrieren der Klimaanlage schuf eine seltsam dumpfe Stille. Alissa glaubte, ihre Mutter habe Richard und die Kleine mitgenommen, und dieser Argwohn ließ sie aus dem Bett springen. Dass sie alle drei im Wohnzimmer vorfand, fachte ihren Groll seltsamerweise neu an. Die tief stehende Sonne warf lange Schatten von noch nicht aufgebauten Regalen und Möbeln ins Zimmer. Der Ventilator an der Decke drehte sich langsam, wie von seinem eigenen Gewicht gezogen. Auf dem Computer, der in einer Ecke angeschaltet geblieben war, lief der Reigen der Hochzeitsfotos ab, das ewige Glück: sie und er in Weiß am Strand von Topanga, vor dem im Spätherbstlicht schwarz erscheinenden Meer.

Als er sie aus dem Schlafzimmer kommen sah, deutete Richard einen Kuss an, den Blick auf das flimmernde Bild des fast unhörbar leise gestellten Fernsehers geheftet. Mit einer Hand hielt er Una, die lang ausgestreckt an seiner Brust schlief. Ein halb leeres Fläschchen lehnte an einem Fuß des Sofas, wo sich langsam eine schmutzige Windel entfaltete. Ihre Mutter, im Schaukelstuhl direkt daneben, die Kette ihrer Handtasche über der Schulter, sah sie mit verändertem Blick an. Du hast geschlafen, stellte sie fest und reckte sich, um ihren Schwiegersohn liebevoll zu tätscheln und anzukündigen, dass sie jetzt aber wirklich gehe. Richard schnappte ihren Arm, den er mit zärtlicher Geste wieder losließ. Unter Unas leichtem Gewicht wirkte sein Körper behäbig. Er warf seiner Schwiegermutter noch einen Blick zu und streckte dann Alissa einladend die Hand entgegen, damit sie die Kleine bewundere. Schau, wie gut es ihr geht, sagte er und erhob sich vorsichtig, um sie nicht zu zerquetschen. Sein Hemd war im Rücken zerknittert; er war zerzaust und verquollen, die Augen vom Gähnen feucht.

Es war angenehm mild auf der jetzt in rosa Licht getauchten Galerie. Die Leute kamen nach Hause, man hörte Türen zuschlagen und einen Hund bellen, und Alissa fühlte sich plötzlich außerstande, mit Richard und der Kleinen allein zu bleiben. Ich muss los, ich habe mich verspätet, schimpfte ihre Mutter freundlich und befreite sich aus ihrer klammernden Umarmung. Ich komme morgen vorbei, versprach sie, auf ein Zeichen guten Willens im Blick ihrer Tochter lauernd. Sie wollte noch einmal Una küssen, die Richard so selbstverständlich, so vertrauensvoll an sich gedrückt hielt. Alissa konnte nicht begreifen, dass die anderen diesen Schmerz, diesen quälenden Kummer nicht spürten, dass sie leicht und glücklich sein konnten mit diesem Leben in ihren Händen, dieser gierigen, bedürftigen, unbegreiflichen Zerbrechlichkeit. Das Glück der anderen war so ungerecht, Alissa fasste es nicht, dass sie ihnen nicht einmal ihre Angst mitteilen konnte. Ihre Mutter brach auf. Unter fröhlichem Schlüsselgeklimper winkte sie mit der Hand einen kollektiven Kuss. Während Alissa die Tür hinter ihr schloss, begriff sie zum ersten Mal mit schmerzlicher Klarheit, dass ihr Platz von nun an hier war.

Richard hatte sich wieder aufs Sofa gesetzt. Er hielt die Hand über die zusammengekniffenen Augen, um sich gegen die flach einfallende Sonne zu schützen, und beobachtete Alissa mit einer Grimasse sanfter Missbilligung. Deine Mutter macht sich also davon, irre, diese

Geschichte, dein Vater wird toben. In seiner Stimme
schwang eine solche Belustigung mit, eine so kindliche
Naivität, die Naivität des Kindes, das ihr Mann war,
dass Alissa ihn unterbrach, denn sie konnte es jetzt
nicht ertragen, die Wahl, die sie getroffen hatte, in
Zweifel zu ziehen.

Die Nacht brach herein und ließ den von nackten
Glühbirnen erhellten Raum schrumpfen. Alissa schob
ihr Unbehagen auf den Geruch, sie beklagte sich, dass
ihr davon übel wurde. Richard verzog schnüffelnd das
Gesicht. Seine Augen blitzten vor Spottlust. Und da Alissa schmollte, fasste er sie am Handgelenk und wollte,
dass sie sich zu ihm hinunterbeugte und ihn küsste. Sie
protestierte, sie hatte Durst, Durst auf eine Frische, die
unmöglich zu finden war in dieser stickigen, vom Leben
anderer verpesteten Wohnung. Richard stand auf, er
rieb sich den Kopf und folgte ihr in die Küche. Die Kleine schmiegte sich immer noch an seinen Hals, ein Ohr
war ganz zerknittert in sein Hemd gedrückt. Ein weißer
Faden rann von ihren Lippen, den Alissa mit einem
Kleenex abwischte, und bei dieser Geste spürte sie einen
Moment lang die Liebe, die sich in ihren Adern ausbreitete wie Sirup, wenn es ihr gelang, nicht an ihre Einsamkeit in den stillen Stunden von Unas Schlaf zu denken,
nicht an die schwer zu ertragende Gier ihres Geschreis,
nicht an die bevorstehende Ewigkeit ohne jegliche andere Wahl.

Richard rief aus dem Schlafzimmer. Komm und schau sie dir an, man könnte meinen, sie zieht eine Schnute. Es beunruhigte ihn nicht, dass Alissa kein Interesse zeigte und vorgab, sie sei mit Aufräumen beschäftigt. Er war von arglosem Wesen, von einer Gleichmut, die ihn keine Mühe zu kosten schien. Du bist eine Böse, scherzte er, dabei umschlang er sie von hinten und versuchte, ihr zwischen die Schenkel zu fassen, was sie ihm mit einer Armbewegung, hart wie ein Axthieb, verwehrte. Im Gerangel gelang es ihm, sie an den Handgelenken festzuhalten und zu sich umzudrehen, meine Schöne flüsternd, ich liebe dich flüsternd, mit der Begeisterung des vernarrten Jungen, von dem die Leute in ihrer Ahnungslosigkeit glaubten, dass er sie glücklich mache. Er hatte das Hemd ausgezogen, die rötliche Haut seines Oberkörpers war jugendlich zart und unbehaart. Er spielte, doch seine Augen verrieten inständiges, ernsthaftes Begehren. Während er immer noch ihre Handgelenke umklammerte, entblößte er ihr eine Brust, indem er mit den Zähnen an ihrem T-Shirt zog. Lass mich dich wenigstens berühren, beharrte er mit veränderter Stimme. Sein Glied zwischen ihnen wurde hart und ärgerte sie mit seiner fordernden Arroganz. Sie wollte es nicht in ihrem zusammengenähten, wunden Innern haben; dass er nicht abließ, machte sie rasend vor Zorn. Sie schrie.

Du musst aufhören zu stillen, beschloss er plötzlich und warf sich bäuchlings aufs Sofa. Sag das nie mehr, erwiderte sie drohend, ohne dass sie verstand, warum, oder begriff, was sie daran kränkte. Sie wusste nicht, auf was sie sich einließ, welcher Tyrannei oder Heuchelei sie sich unterwarf, aber sie durfte keinesfalls auf ein Glück verzichten, das ihr versprochen war oder ihr zustand oder zumindest mit einer so kritiklosen Gläubigkeit von ihr herbeigewünscht wurde, dass sie sich ihre Unzufriedenheit unmöglich eingestehen konnte. Richard sah sie an, drückte sein lächelndes Gesicht in die Kissen. Sei nicht böse, meine Schöne, sagte er mit heiserer Stimme und griff nach der Fernbedienung. Er hatte einen Film mitgebracht. Er schlug vor, Tortillas zu bestellen. Sein Glied war immer noch steif. Er ist so jung, dachte sie mit beklommenem Herzen.

II

Richard war in der Nacht zweimal aufgestanden, um
Una die Flasche zu geben, aber gegen sechs musste er
die Kleine doch zu Alissa bringen, auf deren harten
Brüsten sich dicke violette Adern abzeichneten. Wie
Hagel prasselte der Regen der Rasensprenger in die
frühmorgendliche Stille. Richard bereitete noch ein
Fläschchen für später vor. In der Tür zur Galerie, die er
geöffnet hatte, um mehr Licht hereinzulassen, erschien
ein Stück des unendlichen, blassen Himmels. Müdigkeit lähmte seine Bewegungen. Noch nass von der Dusche, beugte er sich hinunter, um Unas Gesicht zu küssen, das sich gierig in den ausgedehnten Fleck der
Brustwarze grub, dann nahm er ein frisches Hemd, das
er wie ein Segel flattern ließ und unaufgeknöpft überzog. Alissa streckte sich. Der Zweifel schien vergessen,
und außer dem leichten Grauen vor dem Augenblick, in
dem Richards Silhouette aus ihrem Blickfeld verschwinden und nur noch Unas Atem ihr Gesellschaft leisten
würde, gab es nichts, was ihr missbehagt oder wehgetan
hätte, nicht einmal mehr den Geruch, der vom Flattern

des Hemds in der frischen Morgenluft vertrieben worden war.

Als sie die Augen aufschlug, nachdem sie noch ein wenig gedöst hatte, gähnte Una mit angestrengt gerecktem Kopf ganz nah an ihrem Gesicht. Richard war gegangen, irgendwo unter einem Kissen läutete ein Telefon. Alissa setzte sich auf die Bettkante. Sie war benommen; von der feuchten Wärme der Kleinen war ihr T-Shirt knittrig geworden. Am anderen Ende der Wohnung blies der Wind durch die offene Tür Sonne und Konfetti gelber Blütenblätter ins Wohnzimmer, wo die Kartonstapel aufragten wie lange Gestalten. Das Läuten hatte aufgehört. Alissa wartete auf den Piepton der Nachricht, während sie die Plastikwanne für Unas Bad vollaufen ließ. Die Monotonie hüllte sie ein. Sie begann die Möglichkeit einer Erfüllung zu ahnen, die aus körperlicher Nähe und intimen Berührungen entstehen, für immer verpflichten und mit der Zeit die Eile, in der sie über ihre Zukunft entschieden hatte, wettmachen würde.

Ihr Vater hatte zweimal angerufen, ohne eine Nachricht zu hinterlassen. Ihre Mutter sagte, sie grüße sie beide, das war alles. Alissa dachte, sie können ja wieder anrufen, und legte das Telefon weg. Una zappelte in der Wanne, die Zungenspitze schaute aus ihrem runden Mund hervor. Alissa hielt ihr den Kopf, den sie vorsichtig mit einem nassen Schwamm beträufelte, wie sie es in den ersten Wochen bei ihrer Mutter in der Denslow

Avenue gesehen hatte, als sie sich von der Entbindung erholte. Unter dem dünnen Flaum verlief eine Ader entlang der noch offenen Fontanelle. Man spürte ein Beben unter dem Finger, als bahnte sich das Leben da einen Weg. Und es war tatsächlich da, das Leben, unter dieser das Gehirn überspannenden rosa Haut. Es war erschreckend.

Das Badezimmer wurde nur durch ein schmales, von Gebüsch beschattetes Eckfenster erhellt. Alissa stieß mit dem Fuß die Tür auf, um ein wenig von dem gelben Licht hereinzulassen, das in Form eines Dreiecks ins Wohnzimmer fiel. Sie merkte befriedigt, dass Richard die Lüftung auf die höchste Stufe gestellt hatte, als wäre der Geruch mit einem Mal erwiesen. Una schaute sie an und machte mit gerunzelter Stirn linkische Versuche, nach ihr zu greifen. Wie war es möglich, dass man keinerlei Erinnerung bewahrte an diesen Kampf der ersten Zeit, an das Erschöpfende jeden Atemzugs, jeder Anstrengung? Alissa war voll Mitleid, ein Mitleid, das sie ängstigte, sie bedrückte. Plötzlich gab es ein Geräusch in der Wohnung und im Gegenlicht erschien mit glänzendem Fell der Hund vom Vortag. Alissa schrie ihn an und stampfte mit dem Fuß auf, doch der Hund entfernte sich nur zögernd auf dem sonnenbeschienenen Beton der Galerie. Dann läutete erneut das Telefon, und mit einem tiefen Einatmen flehte sie ihre Mutter an, sie abzuholen.

Alissa hatte Una ins Badetuch gewickelt und auf dem Sofa abgelegt. An ihren Händen haftete der Pudergeruch, ihr Rücken war steif vom Beugen über die Wanne.

Du warst gar nicht im Pool, wunderte sich ihre Mutter beim Eintreten. Mit spitzen Fingern hielt sie das Papier, das Alissa ins Wasser geworfen hatte; ihre nackten Füße machten in den Sandalen ein freches kleines Geräusch. Seit meinem Anfall gestern habe ich keine Zeit gehabt, irgendetwas aufzuräumen, stell dir vor, erwiderte Alissa bissig. Ihre Mutter ging nicht darauf ein. Sie konnte nicht lang bleiben, aber sie hatte nicht widerstehen können und diesen *Schatz* sehen wollen, den sie, ganz Behutsamkeit und Glück, sanft aus dem Badetuch schälte, mit verhaltenem Schwung hoch über sich hob und dann vorsichtig in ihre Armbeuge bettete, die beringte Hand auf dem kleinen Bauch, das aufmerksame Gesicht in den säuerlichen Duft der körnigen und frischen, festen und zarten Milchhaut getaucht.

Geh nur unter die Dusche, solange ich hier bin. Sie hatte sich in den Schaukelstuhl gesetzt und hielt Una vor sich, die Daumen unter ihren Achseln und die gespreizten Finger stützend in ihrem Nacken. Die Rührung verwischte die Züge ihres sorgfältig geschminkten strengen Gesichts. Alissa beobachtete sie einen Augenblick. Was hätte sie ihr sagen können? Dass ihr Glück sie bedrückte? Dass es sie um ihre eigene Kindheit brachte? Ihre Mutter hätte es nicht verstanden, sie verstand selbst nicht genau, was sie so quälte und so eifersüchtig machte.

Sie blieb lang unter der Dusche, einen Kloß im Hals von unbegreiflichen Tränen. Der heiße Strahl löste die Verspannung, aber es machte nicht so viel Spaß wie in der Denslow Avenue, wo die Badezimmer riesig waren und täglich geputzt wurden. Sie würde Ordnung machen müssen, sagte sie sich und schloss die Augen, während sie besorgt ihr geschundenes Geschlecht betastete. Doch durch Aufräumen würde weder die Enge beseitigt noch die nach Puder riechende Feuchtigkeit, noch das Schummerlicht, das durch die matte Scheibe fiel, hinter der sich in langsamem Zickzack ein Autoschatten bewegte.

Sie drehte ihr nasses Haar zu einem Zopf, cremte sich die Brüste und die Gesäßfalte ein, und als sie das Handtuch in den Wäschekorb stopfte, fasste sie plötzlich in eine spermabefleckte Unterhose. Sprachlos sah sie im Spiegel zu, wie ihr Kinn zitterte. Es war weder Ekel noch Wut, oder noch nicht Wut, sondern klägliche Bestürzung bei der Vorstellung, dass Richard sich so Erleichterung verschaffte, indem er, wahrscheinlich in ihrem Rücken, mit angehaltenem Atem und ungeduldiger Hand an seinem Glied zerrte. Niemals hätte sie gedacht, dass ihr etwas so Banales und Erniedrigendes widerfahren könnte, nicht dass sie naiv war, nur hatte sie sich nicht betroffen gefühlt. Und nun holte die Realität sie in diesem engen Badezimmer ein, wo sie nackt und fragil vor dem Spiegel stand, nur zwei Schritte entfernt von ihrer Mutter, die besser mit Una umgehen konnte als sie, ihrer Mutter, die sie in allem belogen hatte.

Das Blut pochte in ihren Schläfen, und sie hatte das Gefühl, einen Mühlstein im Bauch zu haben. Ihre Mutter hatte schon zweimal aus dem Wohnzimmer gerufen, sie müsse gehen, doch Alissa antwortete nicht, wollte sie irgendwie büßen lassen für diese Kränkung; über das kleine und lächerliche Vorkommnis selbst zu sprechen oder sich zu beklagen, war ja unmöglich. Nun, da ihre Mutter geliebt wurde, vielleicht mit mehr, vielleicht mit größerer Liebe, gewiss mit größerer Liebe als sie selbst, konnte Alissa ihr keine Enttäuschung mehr anvertrauen. In der Wand hinter ihr rauschte eine Toilettenspülung, und sie begann zu frieren. Sie zog ein sauberes T-Shirt über den Badeanzug und knotete es über dem Nabel. Unas Wärme zu spüren, war im Moment die einzige tröstliche Aussicht, sagte sie sich traurig.

Ihre Mutter hörte auf, mit dem Schaukelstuhl zu wippen, als Alissa den Raum betrat. Gar nicht so einfach, die Kilos wieder loszuwerden. Der Ton, in dem sie es gesagt hatte, war ruhig, und dass er ermutigend sein wollte, war umso schrecklicher. Alissa löste den Knoten ihres T-Shirts, ohne etwas zu erwidern, so sehr verunsicherte sie die neue Objektivität ihrer Mutter. Sie hätte sich nie vorstellen können, dass zwischen ihnen Hass möglich wäre, und doch war er da, zweifellos schon immer und erstaunlich verführerisch, er wartete nur auf das erste Zeichen von Abtrünnigkeit bei der einen und auf die erste Gelegenheit zur Flucht bei der anderen. Ihre Mutter hatte die schlafende Una in die Babyschale gelegt. Die Tasche über der Schulter, eine erloschene Zigarette zwischen Zeige- und Mittelfinger, den Rücken gestreckt, wartete sie darauf, gehen zu können. Wie am Tag zuvor blieb sie bei ihrer gewohnten Verbindlichkeit, zeigte sich jetzt aber weniger geneigt nachzugeben.

Zwischen Richard und dir läuft es gut. Das war keine Frage, sondern eher eine Mahnung, ihre Mutter ließ ihr keine Chance, das Glück dieses Lebens als Mama zu hinterfragen, von dem schon immer die Rede gewesen war, in einer Abstraktheit, die Alissa hingenommen hatte, ohne sich über irgendetwas, irgendeine Wahrheit Gedanken oder Sorgen zu machen. Richard hatte Charme, er war fröhlich, er war unternehmungslustig, er liebte sie, Alissa hatte stets die Erste sein wollen, die heiratete, sie hatte sich ein Baby gewünscht und war so stolz gewesen auf Richards Ergebenheit während der Schwangerschaft. Dennoch wurde sie ganz starr vor Angst bei dem Gedanken, sie habe zu überstürzt gehandelt und sei nicht einmal mehr sicher, ihn zu lieben. Zugeben konnte sie das alles jedoch nicht. Die Zeit des Wählens war vorbei, aber hatte sie denn gewählt? Fügte sie sich nicht einfach der unglaublichen Schwärmerei ihrer Mutter für Richard, der Legende ihres Paars, das man so sexy fand wie kein anderes auf dem Campus, dem Zauber des Fotos, das Audrey vor sechs Jahren am Strand von Santa Monica aufgenommen hatte? Er hat seine rötlichen Arme um sie gelegt und beißt ihr mit seinen auseinanderstehenden Zähnen ins Ohr, sie stützt sich auf die Ellbogen, die Hände umrahmen das braun gebrannte Gesicht mit der etwas langen Nase und den doppelten Grübchen, die das Lächeln ihrer hellen, glänzenden Lippen begrenzen. Aber da nun mit Rivalität gerechnet werden musste, antwortete Alissa ihrer Mutter, zwischen Richard und ihr gehe alles gut, und einen Augenblick lang erschien diese Behauptung zwingend.

Ihre Mutter war nach einer betont flüchtigen Umarmung aufgebrochen. Alissa fragte sich, welches Gefühl sie zuerst überkommen würde, Kummer, Ärger oder Angst. Der Hund war verschwunden, und die Sonne ließ das trockene Holz der Geländer knacken. Sie zögerte einen Augenblick, konnte der Verlockung aber nicht widerstehen, auf die Straße hinunterzugehen. Der Deutsche wartete wahrscheinlich im Auto, war ihr jetzt erst eingefallen, und sie musste ihn unbedingt sehen und sich davon überzeugen, dass ihre Mutter nicht glücklicher war als sie.

Die Straße war menschenleer. Über den Häusern durchzogen weiße Streifen den Himmel, und aus Dutzenden Düsen sprühte es Regenbogen auf die Rasenbänder entlang den Gehwegen. Alissa war barfuß, sie kam sich absurd vor und wollte wieder nach oben gehen, als das Auto um die Straßenecke bog. Ihre Mutter war allein, sie kam näher, ließ mit besorgter Miene die Scheibe hinunter.

Mama, lass mich ein paar Tage zu Hause verbringen, ich bin noch zu erschöpft. Sie versuchte es mit Erpressung, darin kannte sie sich aus, glaubte, sie könne durch ihr unaufrichtiges Gejammer wie früher die Opferbereitschaft ihrer Mutter provozieren. Diese sah sie durch den Qualm ihrer Zigarette sonderbar an. Aber ich wohne nicht mehr in der Denslow Avenue, das hast du doch jetzt begriffen? Ihre blauen Augen unter den schweren geschminkten Lidern blitzten ironisch. Ruf deinen Vater an, er wird sich freuen, in diesem Moment Gesellschaft zu haben. Alissa erwartete, dass der Tetanieanfall wiederkommen und sie von den Widrigkeiten zwischen ihnen erlösen würde, doch dafür war ihre Verzweiflung nicht ehrlich genug. Ihre Mutter rüttelte sie liebevoll am Arm. Du hast das süßeste aller Babys, du hast einen Mann, der dich vergöttert, warum musst du die Unglückliche spielen? Sie war schlau genug, um zu erraten, dass ihre Tochter eifersüchtig war, was ihr natürlich leidtat, aber auch viel zu glücklich, um sich nicht den Spaß kleiner Sticheleien zu erlauben. Dagegen, Alissa sah es deutlich, ahnte sie nichts von der schrecklichen Angst, die sie seit gestern quälte. Um sich solche Abgründe vorzustellen, war sie viel zu konventionell.

Jetzt geh, die Kleine ist ganz allein. Und ruf deinen Vater an, versprochen? Sie blinzelte ihr zu, ließ ihren Arm los und schloss das Fenster. Der Wagen verschwand auf dem Olympic Boulevard, der im diesigen Licht auf den spiegelnden Glanz der von Grün umgebenen hohen

Gebäude der Fox zuführte. Alissa rannte die Treppe hinauf. Am Ende der Galerie war durch die offen stehende Tür im Halbschatten die rotierende Bewegung des Ventilators zu sehen. Una weinte in der vollkommen reglosen und trägen Stille der Wohnanlage. Der Hund saß vor der Tür, die Schnauze auf dem warmen Beton. Alissa steckte in einem Gefühlswirrwarr, aus dem sie nicht herausfand. Sie rief Richard an, der sich nicht vor fünf Uhr freimachen konnte, sich aber teilnahmsvoll zeigte. Es nützt nichts, dass du mich verstehst, wenn du nicht kommst, warf sie ihm voll Bitterkeit vor. Am anderen Ende der Leitung war es still, dann fragte Richard, warum sie plötzlich so böse sei. Die Bemerkung überraschte sie. Sie legte auf.

Una trank und versetzte ihr dabei kleine Stöße mit dem Kopf. Alissa spürte sie kaum. Sie saß regungslos am Esstisch, wo das nicht abgeräumte Geschirr vom Abendessen und vom Frühstück das Umzugsdurcheinander vollständig machte. Auf dem Bildschirm des PCs reihten sich noch immer dieselben Bilder von ihr und ihm aneinander, die hypnotisierende Welt von vor dem Erwachen. Una fixierte sie mit ihren blauen, wässrig-trüben Augen. Ein trockenes Blatt, das sich im Ventilator der Klimaanlage verfangen hatte, kratzte in der Stille. Es schien, als könnte die Zeit stundenlang stehen bleiben, und Alissa wusste nicht, zu wem sie gehen sollte, sie traute sich nicht einmal, Audrey anzurufen, nachdem sie sich die ganze Zeit nie bei ihr gemeldet hatte. Wie konnten die Dinge derart erbarmungslos sein, weder Zuflucht noch Alternative bieten? Es war unfassbar, was sie da hatte geschehen lassen. Das konnte es nicht sein, das Leben, das ihr versprochen war.

III

Alissa hatte sich nicht groß Gedanken darüber gemacht, ob sie Kathy und Tina wiedersehen würde, nachdem sie aus der Agentur ausgeschieden war. Die Entbindung stand bevor, sie würde in Zukunft sehr in Anspruch genommen sein, und sie merkte deutlich, dass sich eine Distanz zwischen ihnen hergestellt hatte. Über drei Monate hatten sie sich nicht gesehen, doch erst seit ein paar Tagen fühlte sie sich wie in einem langen Tunnel des Schweigens. Richard war früh aus dem Haus gegangen, ohne sie zu wecken. Am Himmel ballten sich die Wolken, und auf der Galerie war es zu windig, um die Tür offen zu lassen. Im Stockwerk über ihr hüpfte ein Kind oder spielte Ball. Es war, als würde man auf ihrem Kopf herumtrampeln. Alissa hatte noch nicht geduscht. Der Kaffee hinterließ einen bitteren Geschmack in ihrem Mund und schlug ihr auf den Magen, vielleicht war es aber auch die Idee, Kathy anzurufen.

Es dauerte lange, bis Kathy abhob, sie schien überrascht und froh, von ihr zu hören, sehr überrascht. Du hast mich vergessen, scherzte Alissa und bedauerte den

Vorwurf sofort, der eine Verzweiflung erkennen ließ, die sie noch nicht wahrhaben wollte. Kathy verteidigte sich, sie seien total überlastet, sie werde es ihr erzählen. Im Hintergrund fragte Tina, wer dran sei, und rief unter dem Getöse einer zufallenden Tür: Sie soll doch herkommen mit der Kleinen. Es musste noch eine weitere Person im Büro sein, denn Kathys Aufmerksamkeit reduzierte sich manchmal auf ein ausweichendes Hmhm, das taub schien für das, was Alissa erzählte. Die Trauerbekundungen, als Alissa seinerzeit erklärt hatte, aufhören zu wollen, hatten sich in diese verletzende Wiedersehensfreude verwandelt. Während Alissa, allein in der düsteren, bei kurzen Aufheiterungen doch immer wieder von der Sonne gestreiften Wohnung, Windeln und Babytücher in die Tasche packte, kämpfte sie mit dem demütigenden Gefühl, sich entblößt zu haben.

Seit der Entbindung hatte sie sich nicht mehr geschminkt. Erneut den süßlich klebenden Gloss auf den Lippen zu spüren, verlieh ihr wieder ein wenig Sicherheit. Ihre Silhouette in der Glastür der Wohnanlage wirkte überraschend beschwingt. Auch das hatte sie gelockt, die Vorstellung, eine sehr junge Mutter zu sein, die man rührend finden würde. Ihre Hand krampfte sich angstvoll und aufgeregt um den Griff der Babyschale, die ihr das Teuerste zu sein schien, was sie auf der Welt besaß.

Richard hatte den Wagen aus der Garage gefahren, um ihn zu waschen, und eine Aluminiumblende unter der Windschutzscheibe ausgebreitet, in der sich der Himmel spiegelte. Alissa machte sich nichts vor, aber die Attitüde einer sehr beschäftigten Frau, mit der sie ihre Tasche und ihre Schlüssel auf die Motorhaube legte, löste ihre Verkrampfung. Die Babyschale ließ sich problemlos in die Halterung schieben, Una schlief mit wächserner Reglosigkeit. Alissa strich mit einem Finger über die Rundung des Gesichts, wie sie es von ihrer Mutter so oft gesehen hatte, dann schaute sie auf und entdeckte im Rückspiegel ihre hellen Augen unter den weiß glänzenden müden Lidern. Die wieder hervorgekommene Sonne brannte auf ihre nackten Beine, die aus der offenen Wagentür ragten, und diese Wärme zusammen mit dem Aufschimmern ihrer nun ganz diesem drei Wochen alten Baby gewidmeten Jugend weckte in ihr zum ersten Mal seit Monaten wieder sinnliche Gefühle. Alles war noch fragil, schwer von Bangigkeit und Tränen, aber die Angst schien zu weichen. Sie zog das Baumwollmützchen um Unas Kopf zurecht. Die Haut hinter den Ohren war gerötet und rau, und unter dem Perlmutt der Wangen saßen wie gelbe Sandkörner hässliche kleine Punkte. Alissa wusste, wie unwürdig es war, aber sie griff zu ihrem Schminktäschchen und verbarg die Babyschönheitsfehler unter einer Schicht Make-up.

Sie hatten ihr gesagt, sie seien in der Laube. Es war ein kleines Salat-und-Sandwich-Restaurant mit einer klematisüberrankten Terrasse, auf der erfrischend ein

Brunnen sprudelte. Als Kathy sie einparken sah, rief sie ein überraschtes Juchhu durch das Gitter des Rankgerüsts, in das sie ihre Finger gesteckt hatte. Alissa schwenkte ihren Schlüsselbund, und auf dem Weg zum Eingang zwang sie sich zu einem breiten Lächeln, das ihr das Herz abschnürte.

Man erkennt sofort, wer keine festen Arbeitszeiten hat, spöttelte Kathy mit gespieltem Ernst. Unter dem Turban, der ihr Haar verbarg, schauten Strähnchen von kräftigem Orange hervor, von dem sie am Telefon gesagt hatte, es gefalle ihr nicht. Sie packte Alissa zum Spaß im Nacken und schüttelte sie hin und her, um ihr die beleidigte Miene auszutreiben. Sie trug ein neues Parfum.

Tina beobachtete sie durch die schmalen Gläser ihrer roten Brille. Nachdem sie einen großen Bissen hinuntergeschluckt und dabei mit der Hand gewedelt hatte, als hätte sie sich verbrannt, stellte sie ihr die Neue vor, Marcella, eine Brünette mit vollem Gesicht, dem die Schüchternheit Grübchen verlieh. Wie morgens am Telefon reagierte Alissa seltsam empfindlich auf die gute Laune der Kolleginnen. Sie verstand gar nicht, warum sie ihre Gesellschaft gesucht hatte, die sie doch weder über die Stille noch über die Angst hinwegtrösten konnte. Das Lächeln, das sie sich abrang, überdeckte die Leere, die sich in ihrer Brust auftat. Sie vertraute die Babyschale Kathys Neugier an und ließ sich mit einem erschöpften Seufzer, wie eine Läuferin nach dem Wettkampf, auf einen Stuhl fallen. Tina rückte ein wenig, um ihr Platz zu machen. Sie riet, die Kleine nicht zu nah an die Klematis zu stellen, die sei giftig.

Die Hände auf dem Mund, verharrte Kathy einen Augenblick andächtig vor der schlafenden Una, ehrlich erschüttert, wie klein sie war. Alissa wunderte sich, dass sie gar keine Ähnlichkeit mit dem *schönen Richard* feststellte, um den sie sie angeblich immer beneidet hatte. In ihrer Empfindlichkeit deprimierte sie dieses Desinteresse auf absurde Weise. Man hatte ihr Essen gebracht, und Tina stibitzte sich eine Fritte vom Teller. Kathy hatte sich wieder gesetzt; sie erzählte Neuigkeiten über alle Welt, als wollte sie sich hinter den Geschichten verbergen. Marcella hörte zu und lachte manchmal ihr schüchternes, ein wenig schiefes Lachen. Ihre schwarzen Augen lächelten Alissa an, während ihre Hand die giftige Klematis von der Babyschale fernhielt. Das Mädchen war in Wirklichkeit sehr hübsch und gar nicht so schüchtern, sondern eher sanft und verführerisch. Alissa stellte sich vor, dass sie nun die aufdringliche Zuneigung abkriegte, mit der Kathy sie selbst so lange bedrängt hatte.

Weißt du, dass Jim bald aus dem Krankenhaus kommt und sie sich wieder in Kalifornien niederlassen? Tina hatte mit der Nachricht gewartet, bis Kathy gegangen war, um Kaffee zu holen. Alissa schob ihren Teller zurück und hielt sich mit geschlossenen Augen die Serviette vor den Mund. Tina fixierte sie mit ihrem von den Brillengläsern verengten Blick. Sie schien wenig überrascht und irgendwie befriedigt, dass Alissa offenbar nicht Bescheid wusste. Audrey gibt ein Fest für ihn. Wir sind alle eingeladen, du sicherlich auch, fügte sie hinzu, und die Grausamkeit dieser Ergänzung war ihr vollkommen bewusst.

Alissa war nicht auf der Hochzeit gewesen, die kaum einen Monat nach Jims Repatriierung im Militärhospital stattgefunden hatte. Es ging über ihre Kräfte, allein der Gedanke an die Verstümmelungen, die er durch ein böses Wunder überlebt hatte, drehte ihr den Magen um. Sie hatte die Beschwerlichkeit der Schwangerschaft vorgeschützt, die erst ganz am Anfang stand, und war gewissermaßen in den Hintergrund getreten, wie Una im Moment. Weder Tina noch Kathy hatten jemals etwas dazu gesagt, aber ihre Verlegenheit war lange zu spüren gewesen. Alissa war doch Audreys beste Freundin, sie selbst hatten nur einen kurzen Monat lang während einer Vertretung mit ihr zu tun gehabt. Später hatten sie sich die Freundschaft wegen des Dramas verordnet oder auferlegt. Sie fühlten sich aus Achtung dazu verpflichtet, was Audrey im Übrigen eher zu verwirren schien.

Kathy kam mit dem Kaffeetablett zurück. Sie kniff die Lippen zusammen, als sie merkte, dass von Jim die Rede war, und beschrieb dann seine Operationen und seine Fortschritte mit einer unglaublichen Genauigkeit, als ginge es darum, die anderen von ihrem eigenen Stoizismus zu überzeugen. Alissa hörte nicht mehr zu, diese

Entsetzlichkeiten waren ihr zu viel, zu hart. Sie kannte die Sätze, die man hätte sagen müssen, doch ihr Mund blieb trocken, sie schaffte es gerade noch, ihre Empörung und ihr von der Nachricht jäh wieder angefachtes Selbstmitleid zu beherrschen.

Una war aufgewacht, in den Falten ihres Mützchens krabbelte ein winziges Insekt. Alissa zerquetschte es zwischen den Fingern und befreite die Kleine aus der feuchten Wärme der Babyschale, um sie auf den Arm zu nehmen. Dieser Augenblick, der sie schon im Voraus so stolz gemacht hatte, bescherte ihr jetzt nur die Verlegenheit, ihr T-Shirt hochziehen und an ihrer unschön geschwollenen Brust herumdrücken zu müssen. Una klammerte sich fest, Nase und Hand in ihr Fleisch gepresst. Das so seltsam intime, vertraut gewordene Saugen raubte Alissa allmählich die wenige Kraft, die ihr blieb, um den Schein zu wahren. Kathy legte ihr den Arm um die Schultern, schmiegte sich an sie und wies auf den Fotoapparat, den sie in der ausgestreckten Hand hielt. Die primitive Geste brachte Alissa aus der Fassung. Ihr Mut sank, doch auf dem Display lachte ihr Gesicht unbeschwert heiter über Unas kleinem Kopf, der fast ganz unter dem Gelb des T-Shirts und des Baumwollmützchens verschwunden war. Kathy schoss noch mehr Fotos, darunter eines von Tina, die ihren Stuhl kippte, um ihr Lächeln aufs Bild zu bringen. Über dem Ritual schienen sie zu vergessen, wie wenig Spaß ihnen das Wiedersehen machte.

Es war schon fast zwei, Marcella und Tina entschuldigten sich, sie müssten gehen. Kathy stand auch auf, dabei zog sie an ihrer Leinenhose, die im Schritt spannte. Ihre nackten Füße wiesen lange hässliche Nägel auf, von denen Alissa schon immer gedacht hatte, sie hätte sich dafür geschämt. Kathy war ein Jahr verheiratet gewesen, ein Jahr, aus dem sie ramponiert hervorgegangen war. Seither lebte sie allein, und die Angst, das Leben könnte ohne sie ablaufen, lähmte sie jeden Tag mehr. Aber wenigstens hatte sie ein Leben zum Träumen, dachte Alissa seufzend.

Una hing träge an der feuchten Brustwarze. Kathy küsste sie auf die Stirn, dann schlang sie ihre Arme um Alissa und drückte sie mit angehaltenem Atem, den sie geräuschvoll, wie unter einer heftigen Gefühlsaufwallung, wieder ausstieß. Einen Augenblick berührten sich ihre Wangen, und Alissa stellte sich vor, ihr sagen zu können, dass – ja, was eigentlich? Dass sie seit einigen Tagen gegen die Gewissheit ankämpfe, Una hätte niemals geboren werden dürfen?

Ich gehe erst, wenn die Kleine fertig ist, beschloss Kathy und setzte sich wieder, was eine leichte Verlegenheit zwischen ihnen schuf. Die Terrasse hatte sich geleert, ein kleiner Windstoß fuhr in die Blätter der Laube und trieb die Papierservietten zwischen die Tischbeine. Kathys Hand ruhte auf Alissas Schenkel in einer Geste milden, nachsichtigen Bedauerns über diese Zuneigungen, die keinen Bestand haben. Hinter ihnen plätscherte der Brunnen sein Echo zu ihren missmutigen Träumereien, die sie vollends voneinander entfernten.

Kathy hielt sie an der Hand, als sie sie zu ihrem Auto begleitete. Sie habe einen Typen kennengelernt und sei nicht sicher, ob sie ihn lieben könne. Ihr Geständnis war so ehrlich, als wären sie plötzlich wieder Freundinnen, sodass Alissa, nachdem sie die Babyschale auf dem Sitz verstaut hatte, davon zu sprechen wagte, dass sie vielleicht in ein paar Monaten wenigstens halbtags die Arbeit wiederaufnehmen könnte. Wer weiß, fügte sie mürrisch hinzu und streckte sich in der Sonne, selbst überrascht und sofort bereit, die Hoffnung, die sie in diese Möglichkeit gesetzt hatte, wieder zu begraben. Kathy neigte mit gerunzelter Stirn und missbilligend fragendem Ausdruck den Kopf zur Seite. Das sind ja Neuigkeiten, scherzte sie, bevor sie, als sie sah, dass Alissa errötete, ernst hinzufügte, das sei jetzt, da Marcella eingestellt worden sei, wohl nicht mehr möglich. Der objektive Ton der Bemerkung war gänzlich frei von Empathie oder Verständnis. Niemals würden Alissas Klagen Gehör finden, das war der grausame Preis dafür, dass sie sich so gern hatte beneiden lassen. Sie konnte ihrem schweren Herzen ein letztes Lächeln abringen und rettete sich in eine Lüge über ihr glückliches Leben zwischen ihren *beiden Liebsten*. Das musste arrogant oder gemein geklungen haben, denn Kathy sah sie komisch an, als sie vom Kühler sprang. Sie drehte eine Pirouette und schwenkte die Arme über dem Kopf, während sie sich rückwärts entfernte. Wir sehen uns bei Jims Fest. Diesmal ist Nichterscheinen verboten.

Die Tür schloss sich mit einem gummiweichen *Klack,* und es war, als füllte sich der Innenraum mit Watte. Alissa wusste plötzlich nicht mehr wohin, sie schämte sich so sehr für ihren ungeschickten Vorstoß! Die Straßen waren leer unter dem blinden Blick der hohen Wohnhäuser von Burbank. Sie musste mehrere Hundert Meter fahren, um einen Menschen zu sehen, einen Raucher in Hemdsärmeln, der sich auf die Graniteinfassung eines mit dichtem Rasen bewachsenen Vorplatzes stützte. Er wies sie mit seiner Rauchwolke zur Einmündung der Interstate 5, und Alissa schloss hastig ihr Fenster. Sie stürzte sich in die Autoflut, die durch die Bresche im Gebirge strömte. Vor ihr entrollten sich die Kurven des Asphaltbandes unter dem diesigen Sonnenlicht, das den Verkehrslärm einhüllte. Auf den Böschungen aus Erde und Rindenmulch zu beiden Seiten der Fahrbahn wuchsen, wie überpudert von okerfarbenem Licht, kümmerliche Büsche. Wütend wischte Alissa sich mit der flachen Hand und mit der Armbeuge die Tränen ab, durch die diese ganze Szenerie zu einem goldenen Schillern verschwamm. Wie konnte sie so dumm, so verlassen sein?

Ihr Handy zeigte drei Nachrichten an, eine von Richard, der sagte, er habe sie lieb, er sehne sich nach ihnen, und zwei von ihrem Vater, zwei Seufzer, mit denen jedes Mal unwirsch aufgelegt worden war. Alissa klemmte das Telefon wieder zwischen ihre Schenkel, als hätte sie sich an dieser Schroffheit ihres Vaters, die sonst nie ihr gegolten hatte, die Finger verbrannt. Sie hatte es nicht geschafft, mit ihm über den Auszug ihrer Mutter zu reden, aber keinen Augenblick vermutet, er könnte deshalb verärgert sein. Tatsächlich hatte sie einfach überhaupt nicht daran gedacht, was er gerade durchmachte.

Der Verkehr wurde dichter, Alissa fühlte sich immer schneller mitgerissen in dieser abwärtsströmenden Flut. Una lag vollkommen still in ihrer Babyschale. Alissa hatte sie ganz vergessen und wäre in ihrer Verblüffung beinahe auf die Bremse getreten.

Es war erst kurz nach zwei. Als Alissa sich entschlossen hatte, in der Denslow Avenue vorbeizuschauen, rief sie schließlich ihre Mutter an. Wenn sie einen Plan für den Nachmittag hätte, dachte sie, wäre sie gegen die Versuchung gefeit, ihr Vorwürfe zu machen und zu jammern. Ihre Mutter nahm beim ersten Läuten ab. Sie äußerte sich beunruhigt darüber, dass sie um diese Zeit unterwegs war, und ihre Aufmerksamkeit erfüllte Alissa mit solcher Reue, dass sie es nicht lassen konnte, ungerecht zu werden. Machst du dir wegen Una Sorgen?, fauchte sie und wischte sich die Augen, vor denen erneut der Horizont der Karosserien verschwamm. Hör auf, sagte ihre Mutter ruhig. Alissa antwortete nicht. Sie hatte die Abzweigung verpasst. Ein Stück von einem geplatzten Reifen zuckte wie eine Schlange unter ihren Rädern.

Alissa, sag etwas, du machst mir Angst, weinst du? Ja, ich heule, stell dir vor. Ich habe mit Kathy und Tina zu Mittag gegessen, und da war die Neue, die mich ersetzt, ja, und jetzt heule ich. Das zu hohe Fahrtempo stachelte ihren Zorn an. Sie wechselte die Spur und erklärte schroff, sie wolle Arbeit suchen und werde jemand brauchen, der ihr die Kleine hüte. Diesmal schwieg ihre Mutter. Wie du willst, aber ich dachte, du wolltest nicht mehr arbeiten. Alissa riss sich zusammen, um nicht zu schreien bei solcher Heuchelei. Wie hätte sie wollen können, was alle schon immer für sie entschieden hatten? Wieder ratterte etwas, vielleicht eine Felge, mehrere Meter weit unter den Rädern und ließ ihr einen Schauer über den Rücken laufen. Die Brutalität des Verkehrs und der Krieg, den ihre Mutter und sie sich lieferten, hatten auch etwas Heilbringendes. Ich habe Papa versprochen vorbeizukommen, lass uns morgen weiterreden, schloss sie, bevor sie auflegte.

Der Schlüssel passte nicht mehr, ihr Vater hatte das Schloss auswechseln lassen. Das Sägemehl lag noch auf der Schwelle, bemerkte sie, als er öffnete, um, das Telefon an den Hals geklemmt, sofort wieder im Halbdunkel hinter der Tür zu verschwinden. Alissa hatte weder erwartet, ihn anzutreffen, noch, ihn dabei zu überraschen, wie er sich verbarrikadierte. Die Lampen im Flur waren ausgeschaltet, das schuf eine Leere, in der sich die schlechte Laune ihres Vaters ausbreitete. Als er sie immer noch mit ihrer Babyschale dastehen sah, wies er mit dem Kinn auf die offene Tür zur Terrasse, stellte sich dann wieder vor das Fenster des Arbeitszimmers, den Bauch rausgestreckt, die Hand tief in der Tasche vergraben, und nickte ungeduldig, wie um den Gesprächspartner zur Eile anzuhalten. Alissa verdrückte sich. Plötzlich war sie sich ihrer Lust herumzuschnüffeln nicht mehr so sicher.

Die tadellos aufgeräumte Küche war weit geöffnet auf die sonnenbeschienenen Orangenbäume des Gartens. Kein einziges der gerahmten Fotos von ihnen, die auf den Tischchen und dem Klavier des Wohnzimmers angeordnet waren, fehlte. Merkwürdigerweise waren nur die schweren Eisenmöbel der Terrasse verrückt worden und hatten auf dem Boden eine sonderbare Geometrie von Schleifspuren und herangewehter Gartenerde zurückgelassen. Auf dem niedrigen Tisch, der jetzt mehr im Schatten des Vordachs stand, lag ein Stoß Papiere, der von einem dicken aufgeschlagenen Kalender festgehalten wurde. Alissa bemerkte auch ein Glas, an dem etwas Weißliches klebte und das nach Arznei roch, und einen leeren Aschenbecher am Fuß des Gartenstuhls, in den sich das Gewicht ihres Vaters eingedrückt hatte.

Sie stellte die Babyschale in den kühlen Schatten der Thuyabäume und drückte ihre Nase an die großen Glastüren ihres früheren Zimmers. Die Kleider, die sie nicht hatte mitnehmen wollen, lagen noch herum, wo sie sie hingeworfen hatte, und das Porträt von ihr mit der Mutter, das ihr Vater zu ihrem sechsten Geburtstag in Frankreich hatte anfertigen lassen, war abgehängt und stand gegen die Wand gekehrt. Durch die Sprossenfenster fiel ein Schachbrett von Licht über das Ganze. Fast nichts hatte sich verändert, und doch kam ihr alles ungastlich vor. Alissa setzte sich auf die Kante eines Stuhls, dessen sonnengebleichte Kissen schmuddelig und zerschlissen waren. Sie hatte keine Lust mehr, hier zu sein, und wollte auch gar nicht mehr wissen, warum ihr Vater versucht hatte, sie zu erreichen. Sie zuckte zusammen, als sie ihn aus dem Wohnzimmer fragen hörte, wieso sie nicht Bescheid gesagt habe, dass sie vorbeikomme.

Ich dachte, du wärst für immer verschwunden, spöttelte er, als er ihren Kopf in die Hände nahm und sie aufs Haar küsste, ganz kurz nur, als ginge es bloß darum, die gewohnten Gesten auszuführen. Dann nahm er mit einem müden Aufseufzen, wie er es auch schon auf Alissas Anrufbeantworter hinterlassen hatte, das schmutzige Glas, raffte die Papiere zusammen und bot ihr etwas zu trinken an. Alissa sah ihm zu, wie er in seiner autoritären Selbstsicherheit das Wohnzimmer betrat und sich dabei mit der freien Hand über das schön gewellte silbergraue Haar strich. Er hatte seiner Tochter nicht ein einziges Mal ins Gesicht geschaut, hatte die Babyschale nicht beachtet. Seine Silhouette, die sich mit den Spiegelungen der Terrasse in den großen Glastüren vermischte, zögerte, entfernte sich und erschien dann wieder auf der Schwelle des Arbeitszimmers, wo der Papierstapel plötzlich auf einen Sessel flog. Er versuchte offenbar, seine Verärgerung abzubauen, indem er sich wie ein Löwe im Kreis drehte, und ließ erstaunlich lange auf sich warten.

Die Art, wie er die Tür mit der Schulter aufstieß und die zwei Bierdosen und das Glas in einer Hand balancierte, das war etwas anderes als seine übliche Bequemlichkeit. Alissa wurde bewusst, dass sie ihn zum ersten Mal als Junggesellen in seinen eigenen vier Wänden agieren sah, wie er es sich angewöhnt haben musste, wenn sie mit ihrer Mutter übers Wochenende weggefahren war. Sie entdeckte an ihm die entspannte Zwanglosigkeit eines Mannes, der sich Geliebte hält.

Entschuldige wegen des Schlüssels, aber du wirst verstehen, dass ich keine Lust habe, mich von deiner Mutter ausplündern zu lassen. Während er sprach, öffnete er eine der Bierdosen, und als sich der Schaum auf seinen Schuh ergoss, fluchte er und sprang auf wie ein Irrer. Alissa wusste nicht, was sie auf solche Sticheleien erwidern sollte. So wenig sie versucht hatte, sich vorzustellen, was er empfand, so wenig hatte sie überlegt, wessen Partei sie ergreifen sollte.

Hast du gewusst, dass sie jemand kennengelernt hat?, getraute sie sich zu fragen. Ihr Vater machte eine abwehrende Handbewegung. Sie kann tun und lassen, was sie will, das interessiert mich nicht im Geringsten. Dann sah er sie endlich an, um mit einer Stimme voll überflüssiger Selbstgefälligkeit auf *dieses Drecksleben* anzustoßen. In seinem Blick war keine Spur von Zuneigung mehr. Von seiner ein wenig derben Jovialität war nur eine ironische Maske geblieben, doch Alissa fand ihn zu ihrem Erstaunen ganz darin wieder. Er schien sich hinter der größtmöglichen Ablehnung verschanzt zu haben, um weder Schmerz noch Schwäche, noch Mitleid zuzulassen und schon gar nicht Vergebung. Die Veränderung war so krass, dass sie nicht einmal darunter litt. Am liebsten hätte sie einfach die Babyschale genommen und das Weite gesucht, aber sie fürchtete sich vor seiner Strenge, die sie selber bei ihm allerdings noch nie erlebt hatte. Es war atemberaubend, mit welcher Intuition sie plötzlich seine Fähigkeit zu Hass, Rache, Gemeinheit erkannte.

Du scheinst mit deiner Wohnung nicht glücklich zu sein, sagte er und warnte sofort, komisch mit der Bierdose fuchtelnd, er könne nicht viel für sie tun, so wie ihre Mutter ihn ausnehmen werde. Bei der Aussicht auf diese mutmaßliche Plünderung schüttelte er den Kopf, als machte ihn der riesige Schwindel dieser Welt nur noch fassungslos. Alissa stellte ihr Glas ab, nachdem sie beim Trinken mit den Zähnen am Rand angestoßen war. Wann hatte ihre Mutter die Zeit gefunden, ihm das mit der Wohnung zu erzählen, und im Zusammenhang mit welchen Forderungen? Sie fühlte sich so grausam ausgenutzt, dass sie das Bedürfnis verspürte, die Babyschale zu sich herzuziehen. Una schlief mit verrenktem Kopf,

ein Auge vom verrutschten Mützchen verdeckt. Es tat
weh zu sehen, wie sie immer kämpfte, mit sich selbst
und dem, was um sie herum war. Dass man auch in sol-
chen schlimmen Augenblicken immer noch das Kind
im Auge haben musste, das war berührend und einfach
unglaublich.

Dann läutete das Telefon. Ihr Vater griff zum Appa-
rat, wie man ein Tier im Nacken packt, sagte laut und
deutlich, er wolle nichts mehr hören, und legte auf. Für
den Bruchteil einer Sekunde war das blanker Hass, doch
er fing sich rasch wieder, die Finger auf dem Schädel zu
einer Faust verkrampft, als wollte er die Gedanken an
eine unmögliche Rache zerquetschen und ausrotten.
Alissa hielt sich vor Überraschung den Mund zu. Ihr Vater nahm ihre Hand und drückte sie zärtlich. Er deutete
sogar ein Lächeln an, beugte sich ansatzweise über die
Babyschale und fragte mit einer verblüffenden, fast vul-
gären Handbewegung zum Dekolleté seiner Tochter hin,
ob die Kleine zunehme.

Ein Handwerker, wahrscheinlich der, der das Schloss
ausgetauscht hatte, erschien an der Wohnzimmertür.
Er war fertig, aber womit? Alissa fühlte sich äußerst un-
wohl bei der Vorstellung, dass ihr Vater seine Revanche
diesem unbekannten, extrem jungen Mann anvertrau-
te, den er mit ungeduldiger Hand ins Innere schob.

Bleibst du denn hier wohnen?, fragte Alissa besorgt,
als er zurückkam; sie wusste nicht recht, auf welche Art
sie sich für ihn interessieren sollte nach all den Jahren,

dennoch war sie erstaunt, in ihrer Not, in der sie Hilfe gesucht hatte, einen gewissen Trost zu finden. Ich behalte das Haus, das ja, darauf kannst du dich verlassen, erwiderte er auflachend und strich seine Krawatte glatt. Er stand mitten auf der Terrasse, das Gesicht in der Sonne, die Hände unter dem offenen Jackett in die Hüften gestemmt. Alles um ihn herum war das Werk seiner Frau: die von Salpeter zerfressenen Engel, die Kübel mit Orangenbäumen, deren glänzendes Laub sich von den weißen Wänden und dem tiefblauen Himmel abhob, die mexikanischen Kacheln, mit denen die Mauern verziert waren. Und genau darüber schien er nachzusinnen: mit welchem Vergnügen er es ihr wegnehmen würde. Nicht zu fassen, dass sein Hass so weit gediehen war.

Er drehte sich einmal um die eigene Achse, als wollte er seine Tochter bei ihrer Missbilligung ertappen. Bist du böse, wenn ich dich hinauswerfe? Ich muss noch einen Anruf erledigen, bevor ich ins Büro zurückkehre. Alissa stand auf, gehorsam, schwankend, er legte den Arm um sie und flüsterte ihr Ach du meine Schöne ins Ohr. Sie war die Liebe seines Lebens, seit ihrer Kindheit, das hatte er jeden Tag wieder gesagt. Doch diese Liebe war nichts wert, erkannte sie an der angespannten Ungeduld seiner Umarmung, gemessen an der Bitterkeit des Verlusts, der bösen Grausamkeit des Verrats. Alissa erstickte einen stummen Schrei in dem Arm, der sie festhielt. Sie hätte nie gedacht, dass man sich dermaßen verlassen fühlen konnte.

Ihr Vater begleitete sie an die Tür, und auf der Freitreppe wunderte sie sich, dass sie nicht bemerkt hatte, dass zwei große Schalen verschwunden waren. Wieder nahm er ihren Kopf in seine Hände und sah sie lange an, wie um sich an ihr Gesicht zu erinnern. Der leichte Schleier, der seinen Blick trübte, wurde rasch vom Lachen über einen dummen Witz vertrieben, der auf die wiedergewonnene Freiheit anspielte. Alissa ging nicht darauf ein. Die Babyschale hing schwer an ihrem Arm. Sie war besorgt, weil Una noch schlief, und hatte Gewissensbisse aufzubrechen, ohne vorher die Windel gewechselt zu haben.

Er schaute ihr von der Treppe aus beim Manövrieren zu, die Faust tief in der Tasche, bis er ihr im letzten Augenblick zwischen den Zypressen hindurch kurz zuwinkte. Wieder stellte Alissa bei ihm diese Ungezwungenheit eines Frauenhelden fest und glaubte, alles zu verstehen: den Hochmut ihrer Mutter, seine Paranoia. Was hatte sie sich nur für eine Vorstellung von der Welt ihrer Kindheit gemacht? Es war unglaublich, dass sie so lange nichts gemerkt hatte.

Una war aufgewacht; in ungeduldigem Ton, der sie selbst stresste, bat Alissa sie zu warten. Sie fuhr bis zur Veteran Avenue und hielt auf dem breiten, die ganze Friedhofsumzäunung entlang mit Bäumen bepflanzten Randstreifen an, löste dann ihren Gurt, setzte sich mit Una auf die Rückbank, und der noch halb schlafende kleine Körper schmiegte sich in die Wärme ihres Bauchs.

Es war kurz vor vier. Richard hatte zweimal angerufen, ohne dass Alissa abgehoben hatte. Sie nahm es ihm sehr übel, dass er nicht verstand, wie wenig seine Liebe zu ihr wog in diesem Sturm.

Richard machte gerade einen neuen Versuch, sie zu erreichen, da trat sie zur Tür herein. Vorsicht, du klingelst gleich, scherzte er mit Tränen der Erleichterung in den Augen. Sein Jackett und seine Krawatte rutschten vom Schaukelstuhl, aus dem er sich jäh erhoben hatte. Er hatte abgespült und mindestens zehn Kartons ausgepackt, die sich unter dem kleinen Schreibtisch wieder auseinanderfalteten. Sein Lächeln war schief von einem roten Bonbon, das er kaute; vergeblich versuchte er, es ihr in den Mund zu stecken. Er hatte ihr Una abgenommen, die er auf den Bauch küsste, während er sich um sich selbst drehte. Alissa fühlte sich böse und verzweifelt gegenüber der Aufrichtigkeit seines Glücks. Ich habe Papa besucht, er hat bereits die Schlösser ausgewechselt, sagte sie zu ihrer Verteidigung. Richard stieß sie mit der Schulter an, damit sie auch das süße Gesicht der in seinen Armen liegenden Una bewunderte. Er hatte nicht begriffen, er begriff nichts von dem, was sie seit dem gestrigen Tag empörte. Alissa hätte fast geschrien, dass Kathy sich ganz schön über ihn lustig mache, um ihm die Augen zu öffnen über die Falschheit der Herzen, die sie selbst so deprimierte. Der Ventilator war abgestellt. Sie schlug mit der Faust auf den Schalter, um ihn

wieder in Gang zu setzen, und schloss sich im Badezimmer ein.

Als sie ins Wohnzimmer zurückkam, saß Richard vor
dem ausgeschalteten Fernseher. Er hatte Una gewickelt
und schlafen gelegt. Der Ventilator trieb riesenhafte
Schatten über die Wand hinter ihm. Sein Gesicht, hastig aus der Wärme seiner Hände erhoben, war leicht gerötet, wie vom Reiben oder Weinen. Das vom Schlaf zer-
zauste Haar stand in alle Richtungen. Er streckte die
Hand nach ihr aus und zog sie zu sich heran, bis er mit
seinem Mund ihren Bauch berührte. Sein Atem hauch-
te einen warmen Fleck durch das T-Shirt. Alissa roch
seinen Tag, den Schweiß vom Tragen der Kartons, von
den Sorgen, die er sich gemacht hatte. Sie war kraftlos
und ließ sich ins Schlafzimmer führen, ausziehen und
penetrieren, so vorsichtig, dass sie für ihn frustriert war.
Er beobachtete sie, erregt und enttäuscht, weil er so wenig Beteiligung von ihr spürte; trotzdem wollte er er-
muntert werden weiterzumachen und versuchte einen
Kuss, den sie erwiderte, obwohl die Bitterkeit ihres eigenen Speichels ihr unangenehm war. Nachdem er seinen
Orgasmus gehabt und sie sich umgedreht hatte, legte er
seinen Kopf an ihre Wange und schob seine Hand zwischen ihre spermaverklebten Schenkel. Liebst du mich
nicht mehr?, scherzte er mit einem Gesicht, als wollte er
das Schicksal herausfordern. Alissa erstarrte. Aus ihrer
verzweifelten Stimmung in den letzten beiden Tagen
hatte sie noch nicht den Schluss gezogen, die Liebe

könnte zu Ende sein. Dass er daran gedacht hatte, machte sie hilflos. Richard blies ihr in den Nacken. Da presste sie ihre Schenkel zusammen, damit er seine Hand nicht zurückziehen konnte, und versuchte, den Gedanken, er könnte recht haben, weit wegzuschieben.

IV

Richard hatte sich erboten mitzufahren, um Jim im Re-
hazentrum von Scottsdale abzuholen. Sie waren am Tag
zuvor zu viert aufgebrochen, Alissa sollte mit der Kleinen direkt zum Fest kommen. Sie war spät aufgewacht,
merkwürdig abgestumpft gegen die Angst vor dem, was
sie erwartete. Die ganze Nacht war der Wind pfeifend
durch die Galerien gefegt. Sie hatte mehrmals aufste-
hen müssen, um Una zu beruhigen, deren Schreien eine
richtige Qual für sie bedeutete, wenn Richard nicht da
war. Am Morgen bedeckte eine Unzahl von Blättern und
Jasminblüten die Wasseroberfläche des Pools. Auf der
Straße lagen überall große braune Palmwedel, schroff
und feindselig wie dicke Skarabäen, und von den Wind-
schutzscheiben flog ockerfarbener Sand auf.

Audrey hatte gesagt, sie solle durch den Hintereingang
kommen, sie würde die Tür der Nottreppe offen lassen.
Der enge Durchgang war schon von einer Reihe parken-
der Autos verstopft, über denen auf drei Etagen im Blatt-
werk und zwischen dem herrlichen Orange der Kletter-

trompeten die Klimaanlagen brummten. Alissa fand eine Lücke an der Straßenecke, unter einem Balkon, von dem ausgebliche Fahnen flatterten. Sie hatte die Wohnung schon einige Tage nicht mehr verlassen. Ihre Mutter war zweimal vorbeigekommen, wie um sich von Neuem, aber ohne etwas zu sagen, der Unordnung zu vergewissern, der Alissa nun den Rücken kehrte. Dieses Neubauviertel im trockenen, windigen Flimmern des Sommers rief sie jäh in die Welt zurück.

Seit Kurzem trug sie Una vor dem Bauch. Ihr Gewicht ruhte vertrauensvoll in ihren Händen, ihr Gesicht wärmte ihr mit feuchten Küssen die Brust. Ein junger Mann, der rauchend an der Tür eines auf dem Gehweg geparkten dunklen Combi lehnte, blickte ihnen entgegen. Er ließ sein Feuerzeug in der Hand aufschnappen und lächelte ihnen zu. Sie kommen wegen Jim, stellte er fest, indem er mit dem Kinn auf die Eisentür wies, die von einem gelben Band aufgehalten wurde. Er ist noch nicht da, fügte er ungeniert hinzu, als er sah, dass sie zögerte. In dieser Situation hatten seine anmacherische Lässigkeit und seine athletischen Schultern im frisch gebügelten Hemd etwas Entwaffnendes.

Audrey hatte darauf bestanden, dass alle da sein sollten: etwa dreißig Freunde und Verwandte, die sich größtenteils nicht kannten und die ihr Grauen oder ihre Empörung auf keinen Fall zugeben konnten. Einige unterhielten sich auf dem Flur, Alissa bahnte sich einen Weg in Richtung der lachenden Stimmen, die aus der

Küche kamen. Ihr Herz war zusammengekrampft wie eine Faust, eine lähmende Schwäche befiel sie. Sie fand Audrey damit beschäftigt, große Platten mit rohem Gemüse auszupacken, was ein junges Mädchen, dem ein anderes den Arm um die Schultern gelegt hatte, mit der Kamera festhielt. Ein weiteres Mädchen, das Jims Schwester sein musste, leerte Fertigsoßen in Schalen, und eine rundliche Frau, die ein merkwürdiges goldenes Täschchen am Handgelenk trug, stellte Plastikgläser auf ein Tablett. Diese Vitalität in dem resopalglatten und zugigen Raum war irritierend, Audreys Wirbeln schien eine Art Ablenkung vom Schmerz zu sein. Sie hatte sich hübsch gemacht – ihr hellbraunes, rund geföhntes Haar umgab ihr schmales Gesicht mit einem altmodischen Oval –, als müsste sie alle vom Glück dieser Heimkehr überzeugen. Alissa hatte einen Kuchen mitgebracht, für den Audrey sich bedankte, indem sie mit dem Kinn zum Kühlschrank wies, bevor sie entschuldigend und ohne die Tür aus dem Auge zu lassen hinzufügte, Kathy und Tina seien Papierservietten kaufen gegangen. Ihre Zerstreutheit war nicht vorgetäuscht. Es lag Audrey fern, Vorwürfe zu machen. Ihre Blicke unter dem goldgrünen Lidschatten blieben nirgends hängen, als fürchtete sie, dass man ihr in die Augen schaute. Alissa erkannte erleichtert, dass sie keine Gelegenheit haben würden, miteinander zu reden.

Ihre ungleiche Freundschaft war wegen Audreys Schüchternheit und Einsamkeit für Alissa oft belastend gewesen, als sie die Beziehung mit Richard angefangen hatte. Vor einem Jahr hatte Audrey einen Soldaten kennengelernt, was für Überraschung und Unbehagen gesorgt hatte. Man mochte darüber denken, wie man wollte, vor allem aufgestachelt von Kathy, die an allen Antikriegsdemonstrationen teilgenommen hatte – aber was Jim dort unten auf sich nahm, und damit indirekt auch Audrey, die im aufregenden Rhythmus seiner Anrufe aus der Wüste bei seiner Familie lebte, das konnte man nicht so einfach schlechtreden. Alissa hatte keine soliden Argumente gegen Audreys neue Ansichten, aber auch nicht den Mut, sie darin zu bestärken. Sie telefonierte nur noch ungern mit ihr. Tatsächlich weckte diese fieberhafte Beziehung in ihr konfuse Neid- und Frustgefühle, die ihr keine Ruhe ließen. Und heute zu dem Fest zu kommen, hatte sie enorme Anstrengung gekostet, denn sie schämte sich, dass sie nach Jims Repatriierung nicht angerufen, nicht Anteil genommen hatte und sich auch nicht hatte überwinden können, zur Hochzeit zu erscheinen. Dass es nun so einfach war, sie wiederzusehen, trieb ihr die Tränen in die Augen.

Die Wohnung war klein, alles war neu und weiß: der dicke Teppichboden, das Ledersofa, die Stühle um den Rauchglastisch, die Vorhänge aus langen Plastiklamellen, die in der durch die offenen Fenster flutenden Sonne klirrten. Der schmale Balkon schien direkt ins Blau des Pools überzugehen, den eine große, von Paradiesvogelblumen gesäumte Terrasse umgab; sie war sorgfältig von allem gesäubert, was der Wind verweht hatte, der jetzt den Rauch eines Grillfeuers zu ihnen herübertrieb. Alissa lehnte sich in die Ecke des Geländers, um das langsame Schwinden ihrer Angst auszukosten. Die Wohnanlage war deutlich größer und besser gepflegt als ihre, dachte sie, als gäbe ihr dies nun wieder das Recht, unzufrieden zu sein.

Una war aufgewacht, sie warf ruckartig den Kopf hin und her. Alissa flüsterte, sie solle brav sein, und wischte ihr mit dem Daumen über den Mund. Sie fühlte sich plötzlich sehr geduldig, wie bestätigt in ihrer Mutterrolle, die sie mit Wohlwollen umgab. Der heutige Tag kam ihr nicht mehr als eine so harte Prüfung vor. All die lächelnden Menschen, die sie nicht kannte, federten die Wirklichkeit ab. Ihr wurde nicht einmal übel, als Jim an der Garagentür erschien, nur ein Gefühl von Absurdität überkam sie.

Einer der Gäste hatte einen Willkommensschrei ausgestoßen, der von anderen nachgeahmt wurde und in der kleinen Gruppe, die in Jims Rhythmus näher kam, Heiterkeit auslöste. Trotzig oder mutig oder aus einer Art legitimen Grausamkeit ihnen gegenüber hatte er ein großes gelbes T-Shirt und Shorts angezogen, aus denen steif, skelettartig, fast komisch die Metallstangen seines Arms und seines Beins herausragten. Er konnte sich aufrecht halten und ohne Hilfe gehen, indem er sich bei jedem Schritt leicht drehte, um die Unwucht seines zweigeteilten Körpers auszugleichen. Richard und die drei anderen Freunde, von denen Alissa zwei noch nie gesehen hatte, ermunterten ihn mit ihrer jugendlichen Ungezwungenheit. Etwas weiter hinten winkten Kathy und Tina in Richtung Balkon. Man ahnte, dass sie alle wie berauscht waren von ihrer Selbstlosigkeit und ihrer Beherrschung im Angesicht des Schreckens, den sie nicht mehr zu empfinden schienen. Jim sollte offenbar um jeden Preis in seinem Wahn, die monströse Realität zu leugnen, bestärkt werden.

Alissa hatte sich ein wenig vorgebeugt, um besser zu sehen. Die Faszination war stärker als der Widerwille. Auch sie fühlte sich von der seltsamen Euphorie erfasst, eine so entsetzliche Erfahrung hautnah mitzuerleben. Doch das Verrückteste war Jims Gesichtsausdruck: dieses von triumphierender Gewissheit und weiß Gott welchem Doping hervorgerufene Lächeln, das über dem verstümmelten Körper schwebte.

Audrey war hinausgegangen, um ihn im Hausflur zu empfangen. Sie kam mit ihm in die Wohnung zurück, unter dem Gewicht des Stahlarms ungeschickt an seine Taille geklammert. Sie war ganz rot, so sehr musste die Provokation (oder die Barbarei) dieser Rückkehr sie aufgewühlt haben. Ein Freund von Richard hatte ihr Jim damals vorgestellt, als dieser auf Heimaturlaub in Pasadena war. Sie kannten sich kaum ein Jahr und hatten im Ganzen höchstens ein paar Wochen miteinander verbracht, als sie ihn nach seiner Repatriierung überstürzt geheiratet hatte, benommen von den Stunden des Wachens, dem durcheinandergeratenen Zeitgefühl, im Rausch der Rührung, der Bewunderung, in der sträflichen Sehnsucht nach dem Erhabenen, die sie teuer, sehr teuer bezahlen würde, dachte Alissa.

Jim begrüßte alle, er wollte unbedingt auf den Beinen bleiben, den Tag auskosten, auf den er während der endlosen Monate des Leidens hingelebt haben musste. Er war dicker geworden, hatte sich einen kurzen Bart wachsen lassen, der von beunruhigenden kommaförmigen Löchern durchsetzt war. Alissa hätte ihn nicht wiedererkannt. Sie überließ sich mit geschlossenen Augen seiner Umarmung, erstaunt, dass es sie beim Berühren des Metalls nicht einmal schauderte. Ein junges Paar mit einem weinenden Kind kam herein und auch Jims Mutter, die keine Miene verzog zu den schüchternen Bravorufen, die einige riskierten. Alissa erfuhr von Kathy, dass sie in einer Tageszeitung einen flammenden Brief veröffentlicht hatte, in dem sie erklärte, warum sie weder Gott noch den Menschen jemals verzeihen werde, dass ihr Sohn in diesem Zustand leben müsse. Es hatte der ganzen Überredungskunst der Freunde bedurft, um sie zum Kommen zu bewegen. Alissa entfuhr ein ungläubiges kleines Lachen. Wer waren sie eigentlich, dass sie diese Frau nötigten, sich das hier anzutun?

Gegen fünf hatte es eine erste Aufbruchswelle gegeben. Nun waren nur noch an die zehn Leute da, die sich im gedämpften CNN-Gemurmel des in der Wohnzimmerecke laufenden Fernsehers unterhielten. Auf dem Sofa lagen Chipskrümel, und jemand hatte mit der Zigarette durch drei Lagen Pappteller hindurch ein Loch in den Teppich gebrannt. Ein wunderbarer roter Glanz spiegelte sich in den Glasscheiben des Balkons, wo Richard sich zu den Rauchern gesellt hatte. Kathy saß zu Füßen des Sofas, auf dem Audreys Eltern während der kurzen Zeit, die sie dageblieben waren, stumm und lächelnd ausgeharrt hatten. Ihre langen nackten Zehen scharrten über den Flor des Teppichs. Sie hatte nicht mit der Wimper gezuckt, als Jim einen gewundenen Toast *auf die Kumpels, die in der Hölle geblieben sind* aussprach, hatte viel getrunken und Audrey letztlich sehr wenig geholfen. Der Typ, der draußen geraucht hatte, als Alissa gekommen war, brachte sie zum Lachen, wahrscheinlich indem er ihr fiese Bemerkungen ins Ohr flüsterte. Alissa fragte sich, was nach diesem Tag, wenn sich die Lager unweigerlich neu bilden würden, von ihrer aller Solidarität übrig bliebe. Sie kannte niemand mehr. Richard scherzte immer noch mit den Rauchern auf dem Balkon, wo sie mit Una nicht hinkonnte. Der zuckrige Kuchen hinterließ einen klebrigen Geschmack in ihrem Mund; am liebsten hätte sie sich übergeben.

Jim war aufgestanden, um pinkeln zu gehen, und gab damit den paar Freunden, die ihm seit seiner Ankunft nicht von der Seite gewichen waren, die Gelegenheit, sich davonzumachen. Alissa sah ihn durch die Wohnung, die er erst entdeckte, humpeln, den Blick glasig

vom Alkohol und wahrscheinlich auch von der sich allmählich abzeichnenden Aussicht auf ein ganzes Leben,
das er in diesem Körper würde zubringen müssen.
Audrey schien ihn das ganze Fest über zu belauern und
voller Unruhe zu sein. Er hatte mehrmals ihre Hand
weggestoßen, die versuchte, seinen Teller zu halten oder
seinen Stuhl vorzurücken, und hatte sie nur einmal ge-
küsst: ein brutaler, obszöner Kuss in angeberischer Pose
vor der Kamera seines Bruders. Audrey hatte gelacht und
schwarze Feuchtigkeit aus den Augenwinkeln gewischt.
Seitdem hatte sie die Küche nicht mehr verlassen.

Una musste gefüttert und gewickelt werden, doch Richard wollte noch bleiben, und so bot Audrey ihr Schlafzimmer an. Durch die Vorhänge drang ein metallgraues
Licht. Zwei Handtaschen und eine weiße Jeansjacke lagen auf dem Bett; die leere Geschenkpapierhülle eines
Päckchens stand wie eine Schachtel auf dem Boden.
Alissa hatte Una auf die Decke gelegt und bemühte sich,
ihre tief geröteten Hautfalten zu säubern. Der fade
Uringeruch reizte sie zum Niesen. Sie fand nichts, um
sich die Finger abzuwischen, sodass sich die Klebelasche
der Windel wieder löste und den weichen Bauch freigab,
in dem man die Eingeweide ahnen konnte. Vor der leicht
offen stehenden Tür bewegten sich hin und wieder
Schatten, oder es war Gelächter zu hören, und einmal
erschien kurz ein Kopf, der sich mit entschuldigendem
Mienenspiel behutsam wieder zurückzog. Alissa stand

auf, um die Tür zu schließen, setzte sich wieder hin, murmelte, wird schon halten, und befestigte die Windel recht und schlecht unter dem Hemdchen. Una verzog das Gesicht zu einem Schrei, der nicht kam, der sie quälte, der sie wütend machte. Alissa blies ihr auf die Stirn, wie es ihre Mutter tat, um sie zu beruhigen, stand wieder auf und schwenkte das Fläschchen. Sie fragte sich, warum sie nicht auch zu schreien anfing.

Seit unendlichen Minuten waren sie jetzt beide hier vergessen. Una hatte getrunken, schlief aber nicht ein. Draußen wurde es dunkel, und Alissa knipste die Nachttischlampe an. Sie war entschlossen zu warten, bis Richard sich Sorgen machen würde, dann rief sie ihn trotzdem, doch das Stimmengewirr sonderte sie von den anderen ab. Schließlich hielt sie es nicht mehr aus, nahm Una hoch und versuchte, sie in die Bauchtrage zu stecken. Die Kleine widersetzte sich ihrer Hektik mit befremdlicher Heftigkeit. Alissa schimpfte. Diese Momente strapazierten ihre Geduld, ließen sie verkrampft und über sich selbst erschrocken zurück. Sie konnte sich im Spiegel des Kleiderschranks zuschauen, sie sah die Verlogenheit ihrer eifrigen mütterlichen Gesten, das Zittern ihrer verkniffenen Lippen. Wie konnte Richard zulassen, dass sie sich so abmühte, dachte sie verzweifelt und biss sich in die Faust, bis ihre Zähne einen violetten Abdruck hinterließen und sich langsam, warm, beruhigend der Schmerz ausbreitete. Ihr eigenes Bild im Spiegel beobachtete kalt die Lächerlichkeit ihrer Exzesse. Sie

wäre gern unglücklich genug gewesen, um etwas dage-
genzuwerfen, damit es zerbrach.

Als sie ins Wohnzimmer zurückkam, waren Tina
und Kathy gegangen, ohne sich von ihr verabschiedet zu
haben, und ein junger Typ in Shorts mit einem Ge-
schirrtuch über der Schulter wartete an der Tür mit einem Teller Fleisch zum Grillen. Alissa gesellte sich zu
Richard und der kleinen Gruppe, die vom Balkon hinab-
brüllend die Grillvorbereitungen unterstützte. Die flu-
oreszierende Wasserfläche des erleuchteten Pools ließ
die Gesichter wogen. Richard wollte jetzt nicht gehen,
noch nicht, seufzte er, um einen Kuss flehend. Sein
trunkener Körper war von bleierner Schwere. Ein Wind-
spiel aus Bambus war ganz nah bei ihnen zu hören, vom
Balkon nebenan, wo eine Girlande aus kleinen orangefarbenen Papierlaternen schaukelte. Du bist schön, du
siehst aus wie eine Schauspielerin, flüsterte er und
zwängte eine dicke, träge Zunge zwischen ihre Zähne.
Alissa stieß ihn zurück, sie finde es keine gute Idee, so
etwas hier zu tun, doch er lachte über ihren Einwand.
Mach dir keine Sorgen um Jim, er hat immer noch, was
er braucht, dröhnte er, die Lider halb gesenkt über seinem anzüglichen Blick eines verspielten, hübschen Kna-
ben. Hatte er es gehört? Denn Jim brüllte plötzlich auf,
sodass die Gespräche einen Augenblick verstummten.
Seine Mutter war im Begriff zu gehen. Sie wartete lange
Minuten, ohne dass er auf ihre Anwesenheit in seinem
Rücken reagierte oder sich umdrehte, als sie die Tür

schloss. Er hielt sich sehr steif und gerade im Aufruhr der Trunkenheit und vielleicht des Schmerzes. Plötzlich war etwas Starres, sogar Böses in seinen Augen, ein Scharfblick, der sich abzeichnete.

Vom Pool, den die ersten nächtlichen Schwimmer aufrührten, stieg Chlorgeruch auf. Alissa fühlte sich verschwitzt und müde, der Nervosität Unas ausgeliefert, deren Gezappel sie immer härter in den Bauch traf. Sie löste sich von Richard, der einen schlaffen Klagelaut in den Hals der Bierflasche abgab und zusah, wie sie entwischte. Es irritierte sie, dass er sie ohne ihn gehen ließ. Seit Monaten war ihr jede Selbständigkeit genommen, und sie kam sich plötzlich seltsam unfähig vor. Allein am Tisch, betrachtete Jim mit passivem Grauen die Asymmetrie seiner vor ihm ausgestreckten Arme, und Alissa hatte Angst, er könnte mit ihr sprechen wollen. Sie holte Unas Sachen aus dem Schlafzimmer und ging dann zu Audrey, die damit beschäftigt war, einen von Plastikgläsern knirschenden Müllsack zusammenzupressen.

Du gehst, bemerkte sie bloß, als sie sich aufrichtete. Der Schweiß hatte die perfekte Rundung ihres Ponys in dünne Strähnen aufgelöst. Sie roch ein wenig stark nach Champagner und Angst. Der Rausch ließ schon wieder nach. Bald würde die unangebrachte Popularität, die sie genossen, in eine ebenso absurde und ungerechte Einsamkeit münden. Sie hat es so gewollt, dachte Alissa bitter, während sie die Windel in einen anderen, halb leeren Müllsack warf. Im Grunde verzieh sie ihr nicht, dass sie diese Wahl getroffen hatte (oder sie nicht hatte umgehen können), als würde dadurch ein Teil von ihnen selbst und ihrer Freiheit geopfert.

Das Fenster war auf die Nacht geöffnet, man hörte sehr deutlich das Gelächter und das Klatschen der Kopfsprünge. Audrey hatte sich wieder über den Sack gebeugt, den sie mit einem gelben Plastikband fest zuschnürte. Alissa sah ihr zu. Ruf mich an, wenn du etwas brauchst, sagte sie, als sie sich die Hände wusch. Ihre glühenden Gesichter berührten sich flüchtig, dann winkte Alissa kurz und ging hinaus. Sie fühlte sich feige und wie erlöst.

Richard war jetzt bei Jim am Tisch, er saß rittlings auf einem Stuhl, das Kinn auf die Arme gebettet. Er kannte ihn wirklich erst seit der Rückfahrt von Scottsdale, schien aber entschlossen, ein Freund fürs Leben zu werden, bereit, alle Bitterkeit, Depression und Aggressivität, die kommen würden, zu ertragen. Er war gewissermaßen immun gegen das Böse und selbst gegen die heimtückische Pein, unversehrt und in Sicherheit zu sein, die ihnen allen ein wenig zusetzte. Alissa bedeutete ihm, ihr zu folgen, und erntete ein Stirnrunzeln, das ihr eine Hitzewallung durch den Körper jagte. Sie nahm den Aufzug und verließ das Gebäude unten auf der anderen Seite, sodass sie ihr Auto nicht gleich sah. Schritte, die sie nicht lokalisieren konnte, hallten durch die ruhige, duftende Nacht. Alissa versuchte, Richard anzurufen, aber das Läuten ging ins Leere. Da beschloss sie, nicht nach Hause zu fahren.

Es war schon fast acht, Alissa bewegte sich mit dem langsamen Strom bunter Lichter, der unter der unendlichen Weite des noch nicht ganz dunklen Himmels dahinfloss. Sie hatte das Radio angestellt und mehrmals vergeblich versucht, ihre Mutter anzurufen. Ein feuchter Seewind fegte durch das geöffnete Fenster. Una war dabei einzuschlafen, Alissa hatte sie auf die Rückbank gelegt, ohne sie anzuschnallen, und diese absichtliche Nachlässigkeit gab ihr ein Gefühl der Freiheit. In der Ferne schwebten über dem Verkehr die großen roten Leuchtbuchstaben eines Supermarkts. Alissa wechselte die Spur und bog in den Parkplatz ein, wo sie ganz am Rand stehen blieb, unter einem Jasminstrauch, von dem weiße Blüten auf die Windschutzscheibe fielen. Scheinwerfer blendeten kurz im Rückspiegel, dann legte sich die Dunkelheit wieder über sie wie ein Federbett. Alissa drehte sich zu Una um. Eine hoch oben hängende Lampe, rund und bleich wie ein Mond, erhellte das niedliche schlafende Gesicht, das in ihr ein Gefühl von Schmerz und Fremdheit weckte. Alissa betrachtete lange Minuten ihre Tochter und lauerte vergeblich auf den Instinkt, der verhindern würde, dass sie der erschreckenden Versuchung, sie allein im Auto zu lassen, nachgab. Hinter ihnen waren Stimmen und das Rattern eines Einkaufswagens zu hören, dann kehrte wieder Ruhe ein. Richard versuchte sie anzurufen, und das, so beschloss sie plötzlich, gab den Ausschlag. Sie schaltete das Telefon ab, legte es auf den Beifahrersitz und stieg aus. Ich komme wieder, sagte sie laut, wie um sich selbst davon zu überzeugen.

Das grelle Weiß der Neonröhren war wie eine kalte Dusche. Musik lief, und im Raum hing ein leichter Geruch von Desinfektionsmitteln, durchdringender als das erbarmungslose Licht. Alissa lief ohne Eile durch die Reihen. Die Schuldgefühle schürten ihre Erregung, aber sie wusste nicht, ob ihr das guttat oder nicht. Sie probierte Lipgloss aus, nahm zehn Stifte in allen Farben, blätterte in einer Zeitschrift und kaufte ein Paket Knusperflocken, von denen sie auf dem Weg zur Kasse schon eine Handvoll verschlang. Sie hatte das unbestimmte Gefühl, eine Rolle zu spielen, deren zerbrechliches, karikaturhaftes Spiegelbild sie in den Glasscheiben des Eingangs beobachten konnte. Draußen ließ die laue Luft sie frösteln. Vor ihr dehnte sich die Nacht von flüssigem Schwarz in einem unendlichen Geflimmer von Lichtern, in dem das Auto sich aufgelöst zu haben schien. Doch Alissa beeilte sich nicht. Die Flocken klebten als eklige Paste im Mund. Sie überlegte umzukehren und Wasser zu kaufen, traute sich dann aber doch nicht. Was hätte sie zu ihrer Verteidigung vorzubringen, wenn Una tot aufgefunden oder entführt würde? Dass sie aus Trotz gehandelt habe? Um wieder im Mittelpunkt der Aufmerksamkeit zu stehen? Das war erbärmlich, und dennoch litt sie echte Qualen. Ihr war durch und durch kalt, und sie hatte das Gefühl, einen übermenschlichen Kraftakt vollbracht zu haben, als sie zum Auto zurückkam.

Una war noch da, ein helles Bündel, das Alissa durch ihren eigenen Schatten auf der Scheibe hindurch ausmachen konnte. Sie schlüpfte ins Wageninnere und zog vorsichtig die Tür zu. Krümel von Knusperflocken juckten sie im Ausschnitt. Sie leerte das Paket, wobei sie mit jedem neuen Mundvoll versuchte, den Ekel zu vertreiben, ohne dass ihre Unzufriedenheit dadurch gelindert wurde. Richard hatte eine Nachricht hinterlassen, die sie nicht abhörte. Höchstens eine Viertelstunde war vergangen, seit sie auf den Parkplatz gefahren war. Sie brächte nie die Geduld auf, ihn zu beunruhigen, indem sie nach ihm heimkehrte. Sie wusste nicht, was sie noch erfinden sollte, damit er endlich ihre Not wahrnahm. Nachdem sie wieder vergeblich versucht hatte, ihre Mutter zu erreichen, beschloss sie nachzuschauen, wo sie jetzt wohnte.

Es war ein paar Straßen nördlich des Sepulveda Boulevards, ganz nah beim Flughafen: ein Gebäude aus falschem braunem Backstein, zu dessen tiefer gelegenem Eingang eine breite Treppe führte, gesäumt von Petunien, die unter dem Regen der automatischen Bewässerung zitterten. Es dauerte lang, bis ihre Mutter antwortete; ihre Stimme aus der Sprechanlage klang heiser und besorgt. Alissa nahm den Aufzug und ging dann durch den langen, mit beigem Teppichboden ausgelegten Flur, in dem ein Notlicht glomm und das beruhigende Gemurmel der Fernseher zu hören war. Plötzlich erschien ihre Mutter in einer Tür. Alissa war überrascht, sie bereits im Bademantel anzutreffen, abgeschminkt, das Gesicht von Creme und Müdigkeit glänzend, und sie begriff erstaunt, dass sie allein lebte.

Una regte sich ein wenig, als sie ins Licht kamen. Alissa hatte die Babytrage im Auto gelassen, aber ihre große Tasche mitgebracht, die sie auf den Boden stellte. Ihre Mutter nahm ihr die Kleine ab, legte sie an ihre Schulter, die Hand schützend um den winzigen Schädel gespreizt, und blieb dann schweigend an der Tür stehen, bereit, die Reaktion ihrer Tochter zu ertragen, ohne eine Miene zu verziehen.

Es war ein einfaches möbliertes Appartement, das wirkte wie ein Hotelzimmer, mit einem Bett, auf dem sich dicke Daunendecken wölbten, zwei Sesseln und einem weißen Rattansofa, auf dem zu übernachten undenkbar war. Alissa hatte sich nichts Bestimmtes vorgestellt, dies aber ganz gewiss nicht. Kann ich heute Nacht hierbleiben?, flehte sie, als wollte sie es laut und deutlich gesagt bekommen, dass sie bei ihrer Mutter nun keine Zuflucht mehr hatte.

Eine halb ausgedrückte Zigarette qualmte im Aschenbecher auf einem Fenstersims, über dem im Fliegengitter ein großes rundes Loch ausgespart war. Una immer noch auf dem Arm, nahm ihre Mutter mit dem eleganten Phlegma ihrer tadellos manikürten Finger die Kippe, hielt sie unters Wasser und warf sie in den Mülleimer. Willst du mir nicht sagen, was mit dir los ist?, fragte sie schließlich, während sie die schlafende Una auf dem weichen Bett ablegte. Alissa verbarg ihr Gesicht in den Händen, sie schämte sich, schon wieder zu weinen, fühlte sich aber viel zu kraftlos, um zu kämpfen. Die Übelkeit nach den süßen Knusperflocken mischte sich mit den Schuldgefühlen, die dieser Tag bei ihr hinterließ. Sie wusste nicht mehr, was sie hier gewollt hatte, wie sie aus der unsagbaren Niedergeschlagenheit herauskommen sollte, in der sie versank.

Du wirst dich wieder fangen müssen, befand ihre Mutter, als sie sich neben sie auf das knackende Rattansofa setzte. Sie balancierte ihren Hausschuh auf dem Zeh, der den gleichen pflaumenblauen Lack trug wie ihre Fingernägel. Mit einem langen zitternden Atemzug wischte sich Alissa die Handflächen an den Wangen und dann an den Schenkeln ab. Lebst du nicht mit ihm zusammen? Diese Entdeckung löste einen unerklärlichen Groll bei ihr aus, aber ihre Mutter erwiderte nur, wie du siehst. Sie zeigte sich vollkommen gleichgültig und gewissermaßen befriedigt über den Verdruss ihrer Tochter. Ohne das gewohnte Make-up sahen ihre Augen rot aus, glanzlos, und eine unerbittliche Härte sprach aus ihnen, gegen die Alissa nicht gewappnet war. Es hatte ihr Selbstsicherheit und Stärke verliehen, dass sie die Scheidung eingereicht hatte. Sie schien dreißig Jahre müßiges, verwöhntes Frauenleben zu vergessen, um eine Unerschrockenheit für sich zu entdecken, die ihr im Übrigen recht gut stand.

Dass Alissa sich getraut hatte, Jim und Audrey gegenüberzutreten, überraschte sie. Du hast dich also nicht gedrückt, staunte sie spöttisch. Alissa lachte kurz auf. Sie hatte Lust, gemein zu sein. Warum gehst du nicht selber einmal hin, ich habe den Krieg nicht gewollt, soweit ich weiß. Ihre Mutter schluckte es schweigend, den Blick hartnäckig auf ihre Fußspitze und den schaukelnden Pantoffel gesenkt, nicht dass sie auswich, aber ohne Make-up zeigte sie sich nicht gern.

Er und auch sie waren einverstanden mit diesem Krieg, nach dem, was du gesagt hast. Sie hatte sich aufgerichtet und musterte ihre Tochter, den Ellbogen auf die Rückenlehne des Sofas gestützt, mit den schönen Fingern ihr Haar lockernd. Davon abgesehen ist es zweifellos ein Irrtum, da hast du recht, räumte sie ein und ließ ihren Arm wieder sinken. Es war derselbe Ton ruhiger Objektivität, in dem sie neuerdings auch *die Liebe vergeht, das ist alles* oder *es war an der Zeit, dass du das Haus verlässt* sagte. All die Versprechungen und Gewissheiten, von denen in der schmerzlosen Welt der Denslow Avenue geflüstert worden war, schienen sie nichts mehr anzugehen. Alissa hatte den Eindruck, hinausgeworfen worden zu sein in die Kälte, ohne Einspruch erheben zu können. Fast hätte sie erzählt, dass sie Una im Dunkeln allein gelassen hatte, aber ihre Mutter hätte sich für den Leichtsinn ihrer Tochter wahrscheinlich ebenso wenig verantwortlich gefühlt. Da brach Alissa wieder in Tränen aus. Ihre Mutter legte ihr sanft die Hand aufs Knie und rieb es zärtlich. Hör auf, bitte, sonst muss ich auch noch weinen, versuchte sie zu scherzen.

Ein hell erleuchtetes Flugzeug donnerte über das Viertel, und plötzlich erschien die dichte Masse einer Magnolie im Schwarz der Fenster. So geht es die ganze Nacht, sagte ihre Mutter mit der unangenehmen Selbstgewissheit der Davongelaufenen. Dann läutete ihr Handy, und sie erhob sich ohne Eile, womit sie Alissa um das Vergnügen brachte, sie bei ihren Erwartungen zu ertappen.

Ach, du bist es, lächelte sie munter, fast ohne sich ihre Enttäuschung anmerken zu lassen. Ja, sie sind da, sie sind gerade gekommen. Richard sagte ihr bestimmt wie immer etwas Schmeichelhaftes, denn sie lachte und zog den Kragen ihres Bademantels enger um den Hals. Möchtest du mit ihr sprechen?, fragte sie, bevor sie amüsiert den Kopf schüttelte, wahrscheinlich über einen dummen Scherz, und mechanisch nach einer Zigarette griff, die sie auf dem Fensterbrett festklopfte.

Sie sind zum Feiern in eine Bar gegangen, rief sie durch die Tür ins Bad, wo Alissa dabei war, eine Toilettentasche zu inspizieren. Die fröhliche Stimme, mit der sie es sagte, schien nicht spotten, sondern eher dazu ermutigen zu wollen, die Dinge leicht zu nehmen. Alissa beobachtete im Spiegel, wie sich die Nachricht auf sie auswirkte. Die Vorstellung, um diese Zeit allein in die dunkle, von Unas beängstigendem Schweigen erfüllte Wohnung zu kommen, lähmte sie. Doch sie sah immer noch genauso aus wie vorher und kramte weiter in der Tasche. Sie legte die Cremetube wieder an ihren Platz, zog die Spülung und kehrte mit der steifen Fügsamkeit einer Schlafwandlerin ins Zimmer zurück. Ihre Mutter fragte, ob sie ihren Vater besucht habe, und lachte, weil sie es so erstaunlich fand, dass er das Schloss hatte auswechseln lassen. Was hast du denn gedacht, was er tun würde?, fragte sie zweimal kopfschüttelnd. Mit der Zigarette zwischen den Fingern tastete sie nach ihrer Uhr unter dem Ärmel des Bademantels. Es sei halb zehn vorbei, hatte sie schon nach Richards Anruf gemahnt. Ihre Geduld begann zu schwinden. Alissa war nicht mehr willkommen, sei es, der Liebhaber sollte anrufen, sei es, er sollte kommen. Also zog sie ihre Jacke an und nahm die Kleine hoch, deren schlafendes Gesicht sie unendlich bedrückte.

Ihre Mutter begleitete sie ins Treppenhaus. Bist du sicher, dass du zurechtkommst?, fragte sie leise mit einem ermutigenden Lächeln. Alissa fühlte sich schwer wie Blei, doch sie hielt sich auf den Beinen und sagte, sie komme schon klar. Nichts war wirklich schlimm. Nichts würde sie umbringen, weder die Beklemmung noch die Angst, denn selbst wenn es wehtat, als würden einem die Glieder ausgerissen, blieb man aufrecht und bei klarem Verstand. Dieses Leben würde gelebt werden müssen bis zum Schluss. Daran hatte sie nie gedacht. Ihre Tränen flossen erneut, als sich die Aufzugtür hinter ihr schloss.

Alissa roch den Rauch beim Betreten der Galerie und zuckte zusammen, als sie eine Gestalt sah, die sich langsam vom Geländer löste. Er reagierte auf ihre Angst mit einem amüsierten Hallo. Im Schein der Glut war sein lächelndes Gesicht zu erkennen. Alissa fand denselben lässigen Ausdruck darin wie an dem Tag, als sie ihn vom Pool aus gesehen hatte.

Ich dachte, Sie wohnen oben drüber, sagte sie, um ihren Schrecken zu rechtfertigen. Da haben Sie sich getäuscht, antwortete er und stieß mit dem Fuß eine Tür auf, hinter der sich im kalten Licht einer Bürolampe langsam ein Ventilator drehte. Sein Oberkörper war nackt, und er drückte sich ostentativ an das Geländer, um ihr Platz zu machen. Alissa sagte, schönen Abend, ohne ihn anzusehen, und entfernte sich mit der Babyschale im Arm. Durch die Vorhänge der anderen Wohnungen drang Licht, aber es tröstete sie nicht, dass da noch andere Leute waren.

Ein Plätschern veranlasste sie, sich zum Pool hinunterzubeugen. Eine Frau war im Wasser; am Beckenrand, wo nur eine einzige Lampe funktionierte, stützte sie verträumt den Kopf in die Arme. Es regte sich kein Lüftchen, doch die Nacht war nicht drückend, sondern leicht, wohltuend. Ein Auto fuhr im Rückwärtsgang in den Durchgang zwischen den Gebäuden, und man hörte ein Reißaus nehmendes Tier im Blättergeraschel an die Palisadenwand stoßen. Der Mann spielte immer noch mit seinem Feuerzeug, dessen Flamme an seiner Handfläche leckte. Er hob kaum den Kopf, als Alissa die Tür hinter sich schloss.

Sie machte kein Licht. Die Unordnung, gegen die sie seit Tagen nicht mehr ankämpfte, hüllte sie ein. Der Geruch war da, Alissa merkte, dass sie nicht daran gewöhnt, aber darauf vorbereitet war. Sie dachte an die weiße Kühle in Audreys Wohnung und im Appartement ihrer Mutter und konnte sich weder aufraffen, ins Bad zu gehen, noch Una aus der Babyschale zu holen. Wenn Richard nicht da war, bremste nichts ihre Faulheit und ihren Heißhunger nach Zucker; bei ihrer Mutter hatte sie es nicht geschafft, sich den süßen Geschmack aus dem Mund zu spülen. Sie öffnete den Kühlschrank, und sofort zeigten sich Schatten im Raum. Richard hatte einen Rest Essen mitgebracht, den sie nicht aufgewärmt hatte und dessen ausgeprägter Safrangeruch den Karton durchdrang. Alissa warf ihn in den Mülleimer und wusch sich lange unterm kalten Wasser die Hände. Dann kramte sie in den Schränken und fand eine Flasche Schokoladensoße, deren spitzen Plastikdeckel sie mit den Zähnen abriss.

Die flüssige Schokolade blieb am Gaumen hängen, sie war klebrig und schlecht zu schlucken. Alissa nahm noch einen Spritzer und kniete sich aufs Sofa, sodass sie im bläulichen Schein des Pools die Galerie beobachten konnte. Ich bin dabei, depressiv zu werden, dachte sie plötzlich ganz klar und beinahe erleichtert.

Der Mann war da, mit der Geschmeidigkeit eines Wildtiers über das Geländer gebeugt. Durch seine offen stehende Tür fiel Licht auf einen Aschenbecher, Flipflops und ein im Blumenkasten stehendes Glas. Unten war die Schwimmerin aus dem Wasser gestiegen. Alissa hörte das Tor des Sicherheitszauns hinter ihr zufallen und kurz danach ihre hallenden Schritte auf dem Beton der Wendeltreppe. Ihre Silhouette erschien im Dunkel vor dem Eckfenster, wo sie stehen blieb, um ihren schweren Haarschopf auszuwringen. Ihr muskulöser Rücken ging in breite Hüften über, um die sie einen durchnässten Pareo gewickelt hatte. Sie verschwand einen Augenblick in der Spirale der Treppe und tauchte dann auf der Galerie wieder auf, wo sie sich lautlos dem Mann näherte und sich an ihn presste. Er drehte sich nicht um, schmiegte sich aber mit rundem Rücken an ihren Körper, auf den er anscheinend gewartet hatte, und zog ihre Hand auf seinen Bauch, während er im Aschenbecher seine Kippe ausdrückte, dann folgte er ihr, ohne ihre Hand loszulassen, in die Wohnung, und die Tür schloss sich hinter ihnen.

Auf der Galerie wurde die Nacht wieder undurchdringlicher, und Alissa merkte, dass sie nicht einmal den Ventilator angeschaltet hatte. Sie setzte sich langsam auf die Fersen, ihr Herz klopfte vor Scham. Ein salziger Geschmack mischte sich in den Schokoladenschlamm, der in ihrem Mund warm wurde. Sie zwang sich, das Ganze mitleidlos zu schlucken. Mit einer Art Schwung oder Gedankenlosigkeit schaffte sie es sogar aufzustehen.

Das Badezimmerlicht ließ sie taumeln. Sie stellte sich vor den Spiegel und öffnete weit den Mund, in dem sich braune Speichelfäden bildeten. Sie war dabei, sich die Zähne zu putzen, als ihre Mutter anrief. Ich wollte mich versichern, dass du gut nach Hause gekommen bist, entschuldigte sie sich in endlich teilnahmsvollem Ton. Alissa spuckte den Schaum aus, bevor sie erwiderte, sie sei seit fünf Minuten da. Kommst du zurande?, fragte ihre Mutter, diesmal wirklich besorgt. Alissa setzte sich auf den Toilettendeckel und antwortete so beiläufig sie konnte, ja, es geht schon. Am Montag musst du Una hüten, sagte sie noch, während sie die auf ihren Waden nachwachsenden Haare betrachtete. Der Satz hatte sie selbst überrascht. Ihre Mutter nahm sich die Zeit, eine Zigarette anzuzünden, und fragte dann, um wie viel Uhr?, und fügte hinzu, wie du willst.

Bis Montag also, Küsschen, murmelte Alissa und legte auf. Unerwartet überkam sie bei dem Gedanken, sich von Una zu trennen, eine tiefe Wehmut. Mit den Tränen kämpfend zog sie sich aus, legte ihren Slip in den Wäschekorb und schlüpfte in ihr T-Shirt vom Vortag. Seit einer Weile roch ihr Körper säuerlich, sodass sie sich selbst fremd war. Die Babyschale stand immer noch an der Eingangstür auf dem Boden. Alissa ging daran vorbei, ohne hinzuschauen, und rollte sich im ungemachten, von Krümeln pieksenden Bett zusammen. Alle ihre Muskeln zitterten, als wären sie zu lang angespannt gewesen. Aus den Schlitzen der ausgeschalteten Klimaanlage kam ein frischer Geruch nach gesprengtem Rasen. Sie zog das Laken über den Kopf und schlief fast sofort ein. Nur einmal meinte sie ein Weinen zu hören, doch geweckt wurde sie erst von der Sonne, die aufs Bett schien.

V

Es war nach zehn. Ein Luftzug drang unter der Tür durch, und das Geräusch des Staubsaugers entfernte sich. Richard hatte sie nicht aus dem Zimmer kommen hören, und ihre Stimme ließ ihn zusammenzucken, er schaltete den Staubsauger aus, richtete sich auf und sah sie irritiert, ungläubig, aber trotz allem vertrauensvoll an. Das dunklere Rotblond seines nassen Haars betonte die violetten Schatten unter seinen aufgerissenen Augen. Du hast sie in der Schale gelassen, stellte er schließlich fest, als wäre das irgendwie lustig, ein Scherz, den er erklärt bekommen würde. Er roch stark aus dem Mund, und Alissa wandte sich ab, um sich ein Glas Wasser zu holen. Unter dem Spülbecken stank es schrecklich nach Safran und schmutzigen Windeln. Alissa stellte das Glas ab, sie hatte das Gefühl, verfolgt zu werden.

Richard hatte den Staubsauger nicht wieder angeschaltet. Sie ahnte, wie er dastand, den Griff in der Hand, und aus Optimismus oder Müdigkeit darauf verzichtete, sich aufzuregen. Die aufgerissenen Fenster und die offene Tür ließen Licht und frische Luft herein. Unten auf dem Stück Gehweg, das man zwischen den Häusern sehen konnte, sprach eine Frau in ihr Telefon, während sie ein Kind auf einem Dreirad schob. Es war Sonntag! Alissa war nicht darauf vorbereitet. Sie atmete tief ein und sagte sich wieder, sie habe eine Depression, aber es gelang ihr nicht, sich das in dem Maße einzureden, dass es ihr Verhalten in ihren Augen entschuldigt hätte. Als sie ihn endlich ansah, saß Richard auf der Kante des Sofas, und seine Hand lag über Unas Bauch auf dem Federbett, mit dem Una zugedeckt war und unter dem sie beide geschlafen haben mussten. Seine beruhigende Sanftheit, seine jugendlichen Lachgrübchen machten sie bitter. Die Erinnerung an die Umarmung, die sie am Abend zuvor auf der Galerie beobachtet hatte, ließ sie nicht los, sie fühlte sich betrogen, furchtbar betrogen.

Richard griff sich in die Haare und zerrte kräftig daran, dann stützte er das Kinn auf die Fäuste und wartete, dass sie etwas sagte. Es hätte genügt, sich zu entschuldigen und ihn zu küssen, und der Groll wäre vergessen gewesen. Es gab bei ihm kein Geheimnis, nur eine selbstverständliche Gewissheit, recht zu handeln und gut zu sein. Er war von seinem Vater aufgezogen worden, einem unnahbaren und misstrauischen Mann. Alissa hatte sich immer gefragt, wer ihm diese Fähigkeit zu lieben beigebracht hatte. Sie schämte sich plötzlich so, nichts mehr für ihn zu empfinden, dass sie ins Schlafzimmer ging, um sich anzuziehen.

Bist du sauer, weil ich nicht mit dir nach Hause gefahren bin? Er hatte es in ebenso entschuldigendem wie vorwurfsvollem Ton genuschelt. Alissa zuckte die Schultern und drehte sich zum Kleiderschrank um. Sie war darauf gefasst, dass er die Arme um sie schlingen würde, doch er warf sich mit einem Säufergeheul aufs Bett. Ich glaub, ich muss kotzen, murmelte er in die Kissen. Er hatte sein T-Shirt ausgezogen; über seinen schweißglänzenden bleichen Rücken lief ein Schauder. Alissa betrachtete ihn einen Augenblick, die Hände flach auf den Wangen. Willst du schlafen?, fragte sie tonlos.

Nebenan im Wohnzimmer stieß Una kleine Schluchzer aus, die klangen wie Husten. Richard rollte sich zusammen, die Finger in die Haare gegraben, wie Alissa es auch gern getan hätte. Doch sie sagte, sie kümmere sich um Una, und schloss die Tür, ohne dass er sich auch nur bedankt hätte. Sie wunderte sich, dass sie gelassen blieb und trotz allem wusste, was sie zu tun hatte.

VI

Es war noch früh am Morgen, als Alissa unten vor dem Appartementhaus ihrer Mutter parkte. Der Rasensprenger musste gelaufen sein; ein glitzernder Nebel benetzte den Grasstreifen neben dem Gehweg und überraschte ihre Zehen, als sie ausstieg. Die Babytrage hatte sie nicht dabei, aber eine große Reisetasche, die sie beim Gehen behinderte. Die noch schlaftrunkene Una sabberte kleine Speichelflecken auf den Ärmel ihres T-Shirts. Um sie richtig auf den Arm nehmen zu können, stellte Alissa die Tasche noch einmal auf der Motorhaube ab. Sie war angespannt. Die Idee, Una ihrer Mutter zu überlassen, stürzte sie in immer unglücklichere Verwirrung. Sie hatte es sich in den Kopf gesetzt, ohne recht zu wissen warum, Richard hatte sie nichts davon gesagt, und um gar nicht erst in die Verlegenheit zu kommen, etwas erklären zu müssen, vergaß sie vorsichtshalber ihr Handy im Auto.

Die Haustür war nicht verschlossen, Alissa stieß sie mit der Schulter auf und drückte den Knopf des Stockwerks, erstaunt, sich so willig in die neuen Gegebenheiten gefügt zu haben. Una zappelte in ihren Armen, das mit all ihrer zitternden Kraft hochgereckte Gesicht war von samtiger Blässe, die gelben Körnchen waren verschwunden. Alissa ließ sie nach ihrem Zeigefinger greifen und legte ihre Wange auf den hellen Seidenflaum des kleinen Schädels. Die Berührung der kleinen Finger, die den ihren umklammerten, hatte etwas ungeheuer Intimes und ging ihr durch und durch. Sie bemerkte, dass Richard daran gedacht hatte, die winzigen Nägel zu schneiden, und die seit Tagen aufgestauten Gefühle begannen sich Bahn zu brechen. Sie schämte sich, hier zu sein, und fragte sich, was sie sagen sollte.

Die Eisentür der Nottreppe stand offen. Im Licht war der frisch gesaugte und gereinigte Flur nicht wiederzuerkennen. Alissa erinnerte sich nicht mehr an die Nummer des Appartements und war gleich genervt, weil man ihr nicht half. Ich suche seit fünf Minuten, flüsterte sie zitternd, als sie ihre Mutter endlich an der Tür erscheinen sah. Warum hast du unten nicht geläutet? Ihr geschminktes Gesicht hatte wieder einen sicheren, unergründlichen Ausdruck angenommen, an dem Alissas Misstrauen abprallte. Sie trug einen neuen Hausanzug aus olivgrünem Samt, in dem es ihrem Körper ausgesprochen zu behagen schien.

Es war sehr hell in dem Zimmer. Die Magnolie, die ihr schon beim ersten Mal aufgefallen war, füllte das ganze Fenster aus mit einem Zittern glänzender Blätter. Alissa stellte die Tasche am Eingang ab und erklärte, sie habe dummerweise zu viel mitgenommen. Als sie ihn entdeckte, versuchte sie, von seiner Anwesenheit überrumpelt, so entschlossen wie möglich auszusehen. Er lehnte barfuß an der Spüle und trank seinen Kaffee aus, bevor er die Tasse umgedreht auf den Geschirrständer stellte und, sich das Hemd in die Hose stopfend, näher kam. Ein feines Lächeln begleitete diesen absichtlich bedächtigen Empfang, als wäre er vor ihr gewarnt worden und amüsierte sich im Voraus über ihren Egoismus. Alissa legte Una an ihre andere Schulter. Sie fühlte sich unbeholfen und unwillkommen.

Ich darf dir Uli vorstellen, sagte ihre Mutter laut und seltsam bestimmt, während ihre Finger nach der Hand tasteten, die er ihr auf die Schulter gelegt hatte. Alissa hatte jemand erwartet, der ihrem Vater ähnlich wäre, jemand, der sich rühren ließe. Tatsächlich war er viel jünger, schlank, hohe Stirn, die Wangen von langen, sorgfältig getrimmten Koteletten eingerahmt, die Miene gleichgültig oder geduldig, und sah nicht so aus, wie sie sich einen Deutschen vorstellte. Offensichtlich fühlte er sich hier wohl und zu Hause, und ihr wurde klar, dass sie sich umsonst eingeredet hatte, er würde ihre Mutter vernachlässigen.

Er neigte den Oberkörper leicht zu Una. Die drei Generationen sind also vollzählig, sagte er als minimalen Beitrag dazu, dass die Dinge gut liefen. Alissa deutete ein Lächeln an, als er den Raum verließ. Sie war es nicht gewohnt, uninteressant zu sein. Die Plattheit des

Manns und der Begegnung verletzte sie auf unerklärliche Weise.

Nicht einen Augenblick hatte sie sich gefragt, ob es ihrer Mutter lästig sein könnte, Una zu hüten; die verspäteten Skrupel ließen sie ein verschwörerisches Lächeln austauschen, und sie fühlte sich von Neuem herausgefordert. Ich wollte, dass ihr euch kennenlernt, aber er bleibt nicht, beruhigte ihre Mutter sie und fixierte ihn plötzlich mit einem Blick, der ein stummes Flehen, ein resigniertes Eingeständnis ihrer Enttäuschung war. Alissa wandte sich ab, um Una aufs Bett zu legen und mit zitternden Händen Fläschchen und Milchpulver hervorzuholen. Es wäre zu demütigend, jetzt umzukehren, dachte sie wütend.

Seit einer Woche stillte sie nicht mehr, aber der Entschluss verunsicherte sie so sehr und brachte sie, wie sie glaubte, dermaßen in Misskredit, dass sie ihrer Mutter nichts davon gesagt hatte. Argwöhnisch beobachtet, füllte sie das Fläschchen mit Wasser und gab zwei Messlöffel Pulver hinein. Ich habe keine Milch mehr, log sie mit einem Ausdruck ärgerlicher Resignation, die ihre Mutter mit erhobenen Händen, als wären es Marionetten, hinzunehmen schien. Für sie hatte im Augenblick nichts anderes Bedeutung als die seltsame Verlegenheit bei dieser Begegnung. Dass Alissa so schlecht damit zurechtkam, schien sie zu beschäftigen und zu freuen. So schrecklich ist es ja nicht, dass deine Mutter jemand kennengelernt hat, scherzte sie nach einer Weile und strich ihr die Haare aus dem Gesicht. Alissa schüttelte den Kopf und schraubte den Sauger fest. Es gab einfach nichts zu sagen.

Die Klospülung rauschte, dann kam Uli wieder; er kämmte sich mit einer altmodischen Geste das Haar, langsam und pedantisch, »proletarisch«, dachte Alissa mit einem raschen, amüsierten Blick zu ihrer Mutter, die jedoch nichts in ihrer Ruhe und in ihrer Aufmerksamkeit für ihn erschüttern konnte. Sie reichte ihm seine Jacke, die er überzog, nachdem er prüfend in die Taschen gegriffen hatte. Ihre Bewegungen berührten sich kaum, und doch war etwas sehr Intensives zwischen ihnen, etwas, was mit Dankbarkeit zu tun hatte und mit der unglaublichen Unsicherheit der Anfänge. Alissa dachte beschämt an die Schwärmerei ihrer Mutter für Richard. Wie albern war doch ihr kuscheliges Liebesglück, um das sie beneidet wurde und das sie angeblich erfüllte. Die Begierde war anderswo, wurde anders gelebt, und sie hatte praktisch keinerlei Erfahrung damit. Una auf der Bettdecke schaute sie an und warf heftig den Kopf hin und her. Alissa holte das Fläschchen aus der Mikrowelle, bevor auch noch das Geschrei losging.

Uli beobachtete die Szene ohne besondere Anteilnahme und verabschiedete sich. Alissa erwiderte seinen Gruß mit einem eher überforderten als unwilligen Nicken. Sie hatte Una nicht gut im Arm, und das Fläschchen war kaum lauwarm, aber sie wollte es hinter sich bringen, wollte allein sein, ohne dass sie sich um jemand kümmern oder vor jemand verstecken musste.

Sie waren beide im Flur verschwunden. Das Geräusch eines Walkie-Talkies unter dem Fenster übertönte ihre Worte. Alissa hörte nur, wie ihre Mutter mit leiser, sehr tiefer Stimme sagte: Ich ruf dich an, und anschließend die Wohnungstür schloss und hüstelnd zurückkam. Dann hob sie ein Stück Papier vom Boden auf, schaltete die Kaffeemaschine an und öffnete ein Paket Kekse, das sie auf den Couchtisch stellte. Alissa beneidete sie um die königliche Haltung, mit der sie das winzige möblierte Appartement bewohnte, inmitten all der abgebrannten Existenzen, vor denen ihr graute. Ihre Mutter war immer hochmütig gewesen, aber jetzt war es ganz anders, jetzt schien sie nicht einmal mehr das Missbehagen über sich selbst an sich heranzulassen. Der willkommene Radau eines landenden Flugzeugs erlaubte ihnen, noch ein paar Sekunden ihren Gedanken nachzuhängen. Alissas Blicke verfolgten durch die Magnolienblätter hindurch die enorme Masse von Schatten und Lärm. Sie wusste nicht, wie sie sich auf das, was sie zu hören bekäme, vorbereiten sollte.

Ich frage dich nicht, warum ich sie hüten soll, bemerkte ihre Mutter, einen Keks knabbernd, und fügte sogleich großmütig hinzu, sie finde, sie sehe müde aus. Woraus bestanden ihre Tage? War sie damit beschäftigt, ihren Mann auszuplündern, wie er behauptete? Alissa wunderte sich selbst, dass sie so wenig neugierig war, so wenig Ahnung hatte, was vor sich ging. Diesem Typen zu begegnen, war die maximale Prüfung, der sie sich gewachsen fühlte. Im Übrigen zwang sie nichts, sich mehr für die beiden zu interessieren, denn sie nahmen ja auch keine Rücksicht.

Er gefällt dir nicht, diagnostizierte ihre Mutter nach einer Weile und schlug die Beine übereinander. Alissa zuckte die Achseln, verstimmt darüber, dass das Glück ihrer Mutter sie kränkte, dass sie sich so verwundbar fühlte. Una schlug mit ihren kleinen Fäusten nach den Lichtschmetterlingen, die über die Wand flatterten. Alissa bewegte den Sauger ein wenig in ihrem trägen Mund. Ist es endgültig beschlossen, bleibst du wirklich mit ihm zusammen?, konnte sie sich nicht verkneifen zu fragen. Ihre Mutter musste die Frage erwartet haben, denn sie sah sie mit ihrem blauen, durchdringenden Blick lächelnd an. Ich hoffe schon. Und übrigens meldet sich bei deinem Vater am Telefon bereits eine Frau, ergänzte sie, während sie die Kissen des Korbsessels in ihrem Rücken zurechtzupfte. Ich habe mich gefragt, ob es nicht deine Freundin Kathy ist. Alissa zog die Schultern hoch. Sie fühlte sich dümmlich naiv in ihrer Ahnungslosigkeit, und es widerte sie an, in diesen Krieg verwickelt zu sein. Ihre Mutter beobachtete mit einem leichten Hochziehen der Augenbrauen, wie sie errötete. Sie haben damals an deinem Geburtstag geflirtet. Entschuldige, ich dachte, du wüsstest es. Das hat aber natürlich gar nichts zu sagen.

Alissa erwiderte, nein, sie habe es nicht gewusst, und dabei dachte sie immer wieder an Kathy, ohne dass sie sich irgendetwas vorzustellen versuchte. Sie war aufgewühlt, aber eigentlich vor allem von dem Kummer über den letzten Besuch bei ihrem Vater, der plötzlich erwachte. Ich war sicher, er hat dir davon erzählt, fuhr ihre Mutter fort, wie um sich für die Schroffheit gegenüber ihrer Tochter zu rechtfertigen. Es kommt mir gelegen, wenn es so ist, um ehrlich zu sein. Ich möchte gern wiederhaben, was mir zusteht. Wie du gemerkt hast, kann ich von Uli nicht allzu viel erwarten, fügte sie mit einem zufriedenen Lächeln hinzu und erklärte dann, ohne dass Alissa etwas gefragt oder den Wunsch gehabt hätte, es zu erfahren, er sei Logopäde.

Das hat dich jetzt nicht gerade beruhigen können, bedauerte ihre Mutter, die sich zur Seite beugte, um ihr ins abgewandte Gesicht sehen zu können. Tatsächlich war Alissa weder mehr noch weniger beruhigt oder verletzt, sie versank bloß tiefer in Apathie, und ihre Mutter sorgte sich deswegen, denn sie strich ihr über den Kopf, noch allzu rachsüchtig allerdings, um sich zu entschuldigen.

Una hatte den Sauger schließlich mit einem weißlich flüssigen Aufstoßen ausgespuckt. Sie schläft ein, stellte Alissa fest und blickte sich suchend nach etwas zum Abwischen um. Ihre Mutter holte ein Kleenex, dann nahm sie ihr die Kleine vorsichtig ab. Einen Augenblick drückte sie mit geschlossenen Augen, wie im Gebet, das warme Gesicht an ihres, wobei sie in einem so kummervollen Ton mein Liebling, mein Liebling murmelte, dass Alissa sich schon wieder schlecht fühlte. Von Neuem ließ ein Flugzeug die Stille erbeben, und im Hausflur schlug eine Tür. Alissa begann mit zögernden Gesten, ihr Zeug zusammenzupacken. Sie erklärte, sie lasse Windeln und Sachen zum Wechseln da und komme auf jeden Fall am frühen Nachmittag wieder. Ihre Mutter legte ihr beruhigend die Hand auf die Schulter, überredete sie, doch zumindest noch einen Kaffee zu trinken und etwas zu essen, und sagte schließlich, tut mir leid, ich hätte dir nicht davon erzählen sollen. Auf dem Rattansofa sitzend, in der Kehle den Geschmack des Zimts, der sich von ihrer Zunge löste, bedauerte Alissa, während sie ihrer Tochter beim Einschlafen zuschaute, das Einzige, was ihr wirklich noch gehörte, nicht genießen zu können.

Zurück im Auto, verharrte Alissa eine Weile reglos, die zusammengelegten Hände zwischen den Schenkeln. Vor ihr erstreckte sich die Straße zwischen den hier und da von Wurzeln aufgebrochenen Rasenstreifen. Es herrschte die tiefe Stille eines Montagvormittags, die Schuldgefühle in ihr weckte. Es war das erste Mal, dass sie sich von Una trennte; sie hatte überhaupt nicht vorhergesehen, in welche Leere ihre Abwesenheit sie stürzen würde, und wäre da nicht diese neue Rivalität mit ihrer Mutter gewesen – und jetzt auch noch ein weiterer wachsamer Zeuge ihres Tuns –, wäre sie ganz einfach umgekehrt und hätte sie zurückgeholt.

Ein Pick-up parkte hinter ihr ein; zwei dunkle Gesichter erschienen im Rückspiegel so nah bei ihr, dass sie aufschreckte. Sie fuhr in einem Geknister kleiner runder Schalen, die von den Bäumen gefallen waren, los in Richtung Sepulveda. Das Handy auf dem Beifahrersitz zeigte zwei Nachrichten an, sicherlich von Richard, der versucht hatte, sie zu Hause zu erreichen. Alissa hörte sie nicht ab. Alles war so absurd, sie stand so überrumpelt und hilflos vor dieser freien Zeit, von der sie nicht wusste, wie sie sie ausfüllen sollte. Es half gar nichts, ein paar Stunden ganz für sich allein zu haben, denn es war ja nichts mehr rückgängig zu machen. Diese Offensichtlichkeit verbreitete sich in ihr wie ein Betäubungsmittel, das ihre Gesten lähmte und ihre Gedanken erstickte. Es wird schon besser gehen, wenn ich etwas esse und ein wenig schlafe, versuchte sie sich zu beruhigen, als sie merkte, dass sie sich verfahren hatte.

Erst nach elf war sie zu Hause. An der Tür zur Galerie hüllte sie ein flimmernder Schleier aus Hitze und Stille ein. Abgesehen von dem leichten Flattern eines Wimpels mit verblichenen Sternen und dem Quietschen des offen stehenden Törchens am Pool war alles ruhig, wie ausgestorben. Die Pflanzen auf den Galerien waren gegossen und die Poolterrasse abgespritzt worden. Niemand war im Becken, an dessen Seitenwänden noch wie bleiche Blasen die inzwischen reparierten Lampen brannten. Im Aschenbecher voll Wasser, der im Blumenkasten vergessen worden war, lösten sich die alten Kippen auf. Alissa ging die Galerie entlang bis zur Wohnung, ohne dass sie versucht hätte zu sehen, ob er da war. In Wirklichkeit war sie noch nicht bereit, sich einzugestehen, dass es ihre Neugier auf ihn und die eindringliche Erinnerung an die in der Nacht beobachtete kurze Szene war, was sie bei dem Gedanken, nach Hause zurückzukehren, so sonderbar unruhig gemacht hatte.

Die Galerie wurde einen Luftzug lang schattiger, und die Tür schloss sich hinter ihr. Wenn draußen nicht alles strahlend hell war, erschien die Wohnung nicht mehr so düster. Alissa atmete freier. Sie zog ihre Jeans aus, die sie einschnürten, und schlüpfte in eine Jogginghose, setzte sich an den Wohnzimmertisch und nahm den Deckel von der unterwegs gekauften, noch lauwarmen Lasagne. Die Vorstellung, dass ihr Vater schon wieder jemand hatte und dass es Kathy sein könnte, nahm für sie keine konkrete Form an, zurück blieb jedoch ein unendlicher Kummer. Und zum ersten Mal seit Tagen verspürte sie das Bedürfnis, Richard anzurufen.

Ich hatte dich verloren, scherzte er Kaugummi kauend. Alissa erzählte, sie habe lang geschlafen und das Telefon nach dem Einkaufen im Auto vergessen. Als ihr die Lüge bewusst wurde, brachte sie das nicht wirklich aus der Fassung. Sie zog die Knie ans Kinn und stocherte mit der Gabel in der Lasagne, während sie sprach. Richard amüsierte sich über ihren missmutigen Ton, wollte wissen, ob er Una hören könne, ließ sich aber überzeugen, dass sie schlafe, ohne dass Alissa noch einmal lügen musste. Er hatte keine Lust zu arbeiten, hatte mit einem seiner Verkäufer gestritten und erinnerte sich plötzlich, dass er am Morgen unter dem bewölkten Himmel Robben auf dem Strand gesehen hatte. Mit zerstreutem Hmhm matschte Alissa weiter in der kalten Lasagne, die, wie sie fand, nach Hundefutter roch. Ab und zu erschreckte sie ein Geräusch von draußen und löste eine Hitzewallung aus, die ihr durch alle Glieder lief. Richard bildete mit seinem sanften Spott ein Gegengewicht zu der erregenden Angst, die kantige Gestalt auftauchen und sich aufs Geländer stützen zu sehen. Leg nicht auf, solange ich noch nicht mit Essen fertig bin, verlangte sie mit inständiger Aufrichtigkeit, die ihm ein entwaffnendes Aha entlockte. Er senkte die Stimme. Ich hab schon solang nicht mehr an dir geleckt, sagte er mit einem leichten Schmatzgeräusch und verzog dabei wohl seinen immer ein wenig rissigen Mund zu einem Lächeln.

Ganze Nachmittage hatten sie so redend in Alissas Zimmer in der Denslow Avenue zugebracht, aneinandergeschmiegt, während ihr Atem eins wurde im Liebesgeflüster. Er saugte an ihrem Mund und sagte ihr, sie mache ihn scharf, dann zog er seine Zunge langsam zurück und ließ sie endlos über ihren ganzen Körper wandern. Alissa sank in einen sinnlichen Dämmerschlaf, der ihr als das Gewagteste erschien, was man nur erleben konnte. Sie waren beide achtzehn Jahre alt. Er hatte gerade ein einjähriges Abenteuer mit einer ein paar Jahre älteren Cousine hinter sich, während sie eine einzige Erfahrung des Scheiterns mit einem Klassenkameraden gemacht hatte, dessen dünnes, weiches Geschlechtsteil vergeblich versuchte, in sie einzudringen, bis sie sich dem beleidigend ungeduldigen Gefummel weinend und wütend entzog. Richard schaffte es schließlich mit langen Küssen, bei denen er ihr begehrlich in die Augen sah, zwischen ihren Schenkeln eine feuchte Lust wachzukitzeln. Er kam fast jedes Wochenende, um auf ihrem großen Bett mit ihr seinen Lernstoff zu wiederholen oder ihre Eltern zu umschmeicheln. Alissa erwachte zwar nicht im Glück, aber voll Stolz auf die Nächte, in denen er in sie verschlungen blieb. Sie frühstückten spät auf der Terrasse, an Kissen gegen die offenen Glastüren des unaufgeräumten Zimmers gelehnt, er nackt in der um seinen blassen, festen Bauch schlotternden Hose, sie in weite, von ihrem Vater stibitzte Hemden gehüllt. Ein rötlicher Bartansatz gab seinem während der Nacht von ihrer Wärme zerdrückten Gesicht Kontur. Alissa liebte ihn nie so sehr wie in diesen Momenten schläfriger Nachlässigkeit, und es gefiel ihr, in dem Blick, den ihre längst aufgestandene Mutter über die Kaffeetasse hinweg auf ihn warf, erotische Anziehung zu erahnen. Mit den Jahren hatte vor allem der eitle Stolz, begehrt zu werden, überdauert und die Begeisterung darüber, dass sie ein so schönes Paar abgaben. Die langen Küsse riefen nicht mehr dieselbe schmachtende Erregung hervor, nur bei ihm, den Alissa dafür bewunderte, wie sein Glied in unveränderlichem Glück steif wurde und sich aufstellte. Aber auch das wirkte nicht mehr. Frustriert entdeckte sie plötzlich viel beunruhigendere Begierden, die zu kurz gekommen waren, und nahm es ihm übel, dass er sich ihnen nicht geöffnet hatte oder selbst auch frustriert war, ohne es zu sagen.

Alissa reagierte nicht, sodass Richard mit besorgter, wie imitiert wirkender Stimme weitersprach. Ich muss Schluss machen, ich ruf dich an, wenn ich auf dem Heimweg bin. Alissa sagte, wie du willst, und legte auf. Die Stille bedrückte sie genauso wie das entmutigte Warten darauf, dass auf der Galerie etwas passierte. Die kalte Lasagne war rot erstarrt; sie spuckte sie in den Mülleimer und öffnete eine Packung Schokocornflakes. Der Himmel war nun vollkommen bedeckt, und in den Etagen erklang das Gebimmel von Bambuswindspielen. Alissa leerte händeweise die Packung, während sie hinunterging an den Pool. Der Beton der Terrasse trocknete in kleinen blassen Flecken, er war kalt unter den nackten Füßen. Im Durchgang hinter der Palisadenwand blies ein Gärtner mit fürchterlichem Getöse trockenes Laub weg. Alissa warf einen kurzen Blick auf das Geländer des ersten Stocks, über das kümmerliche gelbe Blumen ragten. Sie wartete noch ein wenig, worauf wusste sie eigentlich auch nicht, dann ging sie wieder nach oben und kauerte sich vor den Fernseher, wo sie unter einer Decke dösend die Serien durchzappte, während ihre Hand die klebrigen Schokoladeflocken auf dem Grund der Packung zerkrümelte.

Es war wieder sonniger geworden, als sie auf die Idee kam, Audrey anzurufen. Deren leicht singendes Hallo erfüllte sie mit unendlicher Trauer um die Zeit, die sie nicht hatte vergehen sehen, in der ihrer beider Zukunft noch nicht endgültig vorgezeichnet gewesen war. Audrey schien erfreut, von ihr zu hören, und eingeschüchtert. Schläft die Kleine?, fragte sie mit einer von langem Nichtreden heiseren Stimme. Ich habe sie neulich kaum gesehen, aber das war nicht wirklich der Tag dafür, entschuldigte sie sich in einem Ton, auf den es nichts zu erwidern gab. Jim sitze seit dem Morgen vor dem Computer, und sie habe mit ihrer Mutter die Einkäufe für die Woche gemacht. Sie wisse nicht recht, was sie später noch tun würden, es scheine auch keine große Bedeutung zu haben, ob man es wisse oder nicht, die Tage fügten sich, ohne dass sie etwas entscheiden müsse. Ich vertraue in Gott, schloss sie auf recht unerwartete Weise, was bei Alissa ein unbehagliches Gefühl auslöste. Im Hintergrund hörte man das Rascheln der Lamellenvorhänge und Stimmen von draußen, die manchmal ein gellender Schrei und ein darauf folgendes Platschen unterbrach. Hier gibt es jede Menge Kinder, erklärte Audrey. Jim macht ihnen Angst, ergänzte sie leiser mit einem seltsamen kleinen Lachen.

Fast ein Jahr hatten sie nicht mehr miteinander telefoniert, doch allmählich kehrte die Vertrautheit zurück, merkwürdigerweise ohne Verlegenheit, gleichzeitig aber auch die Heuchelei Alissas, die sich wieder in die Rolle der heiß Geliebten gedrängt fand, deren Glück und Abenteuer immer besonders aufregend zu sein schienen. Lachend beklagte sie sich, überlastet zu sein, nicht einmal die Zeit zu haben, um Richards Geld auszugeben, und hielt sich damit an das, was sie sich schon während der Schwangerschaft eingeredet hatte und worauf sie beinahe wieder hereingefallen wäre, so leichtgläubig war ihre Hoffnung. Audrey wusste bereits von der Scheidung ihrer Eltern, doch es gelang Alissa, sich nichts von ihrer Überraschung anmerken zu lassen. Der Boden der Packung war aufgeplatzt, und unter der Decke piekste es. Sie hob eine Pobacke, um die Krümel mit der Handfläche wegzuwischen, als ein Scheppern wie von einem zu Boden fallenden Tablett zu hören war. Audrey begann zu flüstern. Er will alles selber machen und regt sich auf, wenn man ihm hilft, erklärte sie mit demselben hilflosen kleinen Lachen, dem Lachen eines Gänschens, dachte Alissa kühl. Geh nachsehen, riet sie, und ruf mich wieder an, wenn ich kommen soll. Alissas Antwort wurde vom Auflegen des Hörers unterbrochen. Sie richtete sich abrupt auf. Der kurze Zwischenfall hatte in ihr die unangenehmen Erinnerungen an das Fest wachgerufen. Sie stellte sich vor, wie erschüttert und untröstlich Audrey war, weil sie nicht wusste, wie sie mit Jims schneidender Demütigung umgehen sollte. Die Sonne knallte auf die Wolldecke, die sie weit von sich warf, wie um die eindringende Wirklichkeit zu vertreiben. War es möglich, dass der Gedanke an Gott uns mit einem nicht gewählten, nicht verdienten Schicksal versöhnte? Und warum fand sie dann selbst keinen Frieden?

Auf der Arbeitsfläche neben der Spüle standen eine offene Milchflasche und ihre beiden Kaffeetassen herum, außerdem lag da ein schwitzender Rest Schokoladenmuffin und ein vergessenes T-Shirt, das sie in die Waschmaschine hatte stopfen wollen. Alissa betrachtete all das und war sich kaum bewusst, dass hier ihr Zuhause war. Unten im Durchgang kehrte der Gärtner, angekündigt durch das Geräusch des Laubbläsers, aus der anderen Richtung zurück. Sie hörte, wie er das Vorhängeschloss an der Tür der Palisadenwand öffnete und auf dem laut knirschenden Kies die Müllcontainer herausrollte. Dieses rücksichtslose Gelärme erinnerte sie daran, wie allein und vergessen sie in der Anlage war. Sie machte sich Vorwürfe, dass sie sich mit ihrem Chaos derart absonderte. Sie müsse Una abholen, sagte sie sich, danach würde sie aufräumen. Sie schüttelte die Krümel von ihrem T-Shirt, zögerte, ihre Jeans wieder anzuziehen, behielt schließlich die Jogginghose an, schaltete den Fernseher aus und verließ die Wohnung, eine leichte Enttäuschung im Bauch beim Anblick des Aschenbechers, der unverändert im Blumenkasten steckte. Ein dünnes Insekt saß wie angeklebt auf der bräunlichen Wasseroberfläche. Alissa schüttete es mit den Kippen in den Blumenkasten und stellte den Aschenbecher vor die Tür.

Sie hatte das Auto direkt gegenüber auf der Straße geparkt und fand einen Strafzettel, den sie auf den Rücksitz warf. Es roch nach heißem Plastik, und sie blieb einen Augenblick zusammengekauert in dem Geruch sitzen, fröstelnd wie beim Erwachen aus dem Mittagsschlaf. Das schlechte Gewissen, Una verlassen zu haben, um schließlich nichts anzufangen mit ihrer Freiheit, lag ihr schwer auf der Seele. Dann gab es einen Piepton, und das Garagentor öffnete sich vor einem weißen Kombi, der ihr wegen eines braun, fast rostbraun lackierten Kotflügels bereits aufgefallen war. Alissa erkannte das Gesicht der Schwimmerin über dem Lenkrad. Er saß daneben. Sein aus dem offenen Fenster gestreckter Arm beschrieb eine Art Kreis, der mit einem kleinen Winken in ihre Richtung endete. Alissa ließ sie Vorsprung gewinnen, stellte das Radio an und zog die Sandalen aus. Die Pedale waren kalt und hart unter ihren Fußsohlen. Ihre Gedanken begannen zu schweifen. Sie würde herausfinden müssen, was er für einen Tagesablauf hatte, sagte sie sich, als sie losfuhr.

Das Geschrei, das sie durch die Sprechanlage kurz gehört hatte, überfiel sie, als sie aus dem Lift trat. Es war ein heftiges Krächzen, das sich steigerte bis zum Ersticken und dann doch weiterging, weiter und weiter. Alissa öffnete den Mund, um ihren Zorn auszuatmen, den

Zorn beim Gedanken an die Feindseligkeit der in ihren Armen schreienden Una. Sie fragte sich, wer fähig sein konnte, ein solches Wüten auszuhalten, das einem das Herz abschnürt, die Zärtlichkeit abtötet oder sie vielmehr überreizt, bis es wehtut, ohne die mindeste Beruhigung, ohne je aufzuhören oder einen von seiner Schuld zu entlasten. Ihre Mutter hatte die Tür geöffnet und so Luft und Licht in den gelblichen Dämmer der Notleuchten gebracht. Da Alissa nicht auftauchte, streckte sie den Kopf in den Flur, und der Blick, mit dem sie ihr entgegensah, war weniger ungeduldig oder fragend als von ihrem unverantwortlichen Verhalten jetzt bereits angeödet. Alissa hatte das Gefühl, sich von sich selbst loszureißen, als sie über die Schwelle trat.

Sie hat gespuckt und keine Sekunde geschlafen. Das wurde mit einer Art Genugtuung gesagt. Alissa antwortete nicht, sie hätte sich nur aufgeregt, denn sie konnte nichts dafür, überhaupt gar nichts. Mit zitternden Schluchzern begann Una sich zu beruhigen, die Röte wich aus ihrem Gesicht. Alissa küsste sie auf die Tränen und nahm sie ihrer Mutter aus den Armen. Ohne Zeugen hätte sie nie die Kraft zu so einfachen Gesten gefunden. Dass sie allem und sich selbst zum Trotz dazu imstande war, wunderte sie selbst. Etwas schlug gegen die Wand, und als Alissa aufblickte, sah sie durch das Loch im Fliegengitter, dass ihre Mutter eine Zigarette rauchen gegangen war. Vom Laubwerk, das den Verkehrslärm dämpfte, beschattet, den Oberkörper vorgebeugt, schien sie den Zorn der Vorwürfe allmählich abzuschütteln.

Sie ist doch erst fünf Wochen alt, bemerkte sie, indem sie sich zu ihrer Tochter umdrehte. Ihre Augen fixierten sie in Erwartung einer Antwort; unter dem verwischten Make-up waren sie vor Müdigkeit gerötet. Una hatte wieder angefangen zu weinen, zuerst schluchzend, dann mit der ganzen unsinnigen Kraft, die in jedes Mal größerer Empörung aus der Erschöpfung erwuchs. Die sich überschlagende Stimme weckte in Alissas Kehle eine Erinnerung an Blut. Flehend schloss sie ihre Arme fester um die tobende Una. So sehr dröhnten die Schreie in ihrer Brust, in ihrem Kopf, dass sie kurz davor war, sie fallen zu lassen oder aufs Bett zu werfen. Hätte sie sich wenigstens dem Blick ihrer Mutter entziehen können, doch es gab keinen Schlupfwinkel. Auf dem Couchtisch stand ein Teller mit etwas Schinken und ein kaum angerührter kleiner Salat. Ihre Mutter hatte nicht einmal Zeit gehabt zu essen. Dass sie das so sehen und sich auch noch Gedanken darüber machen musste, erschien ihr zu viel der Grausamkeit.

Richard hat heute Morgen angerufen, fünf Minuten nachdem du gegangen warst, sagte ihre Mutter plötzlich und drückte auf dem Fenstersims die Zigarette aus. Das war es also, dachte Alissa, fast erleichtert darüber, dass er es wusste, und kaum beunruhigt dadurch, dass er sie am Telefon mit seiner schmeichlerischen Treuherzigkeit hintergangen hatte. Sie schloss die Augen, um sich in das Geschrei zu flüchten, das sie zumindest gegen die Welt abschirmte, der sie antworten musste. Der Rauch der noch qualmenden Kippe zog zu ihr herein. Mama, deine Zigarette, bat sie inständig, die Augen fester zusammenkneifend, als sie plötzlich schon Wasser laufen und den Mülleimerdeckel klappern hörte.

Dein Mann macht sich Sorgen, weißt du, hörte sie dann, aber diesmal aus der Nähe und diesmal ohne Vorwurf. Auch ich mache mir Sorgen, stell dir vor, fügte ihre Mutter noch hinzu und nötigte sie, sich neben sie aufs Bett zu setzen. Alissa sagte, was kann ich dafür. Ein Tetanieanfall kam, sie merkte es an ihren zuckenden Muskeln und dem plötzlichen Speichelfluss in ihrem Mund. Langsam kippte sie um, ließ Una neben sich liegen, in der Gewissheit, dass sie entschuldigt, in ihrer Not bestätigt war. Ihre Mutter hob die Kleine mit ihrem Leichtgewicht sofort vom Bett hoch. Dann spürte Alissa die Berührung einer Plastiktüte, die ihre Mutter ihr zuwarf, bevor sie ins Bad ging. Sie tastete danach und legte sie sich aufs Gesicht, ohne noch an irgendetwas zu denken.

Der Anfall war vorbei, Alissa musste ein wenig geschlafen haben, eine wohlige Trägheit entspannte ihre Glieder.

Vom Fenster her, durch das sie etwas Grün und Himmel sehen konnte, wehte eine leichte Brise. Ihre Mutter hatte die endlich eingeschlafene Una auf einem Kissen neben sich auf dem Sofa abgelegt. Alissa musste aufste-

hen, aber sie wartete noch ein wenig. Die wieder einge-
kehrte Stille gewährte ihren Ängsten eine Verschnauf-
pause, und diesen Augenblick wollte sie in die Länge
ziehen. Als sie sich schließlich auf einen Ellbogen auf-
stützte, geriet der ganze sonnendurchflutete Raum um
sie herum ins Wanken. Sie rutschte auf dem Po aus dem
Bett. Ihre Mutter hatte auf einem Teller in ihrem Schoß
eine Nektarine geschält; sie wischte sich die Finger ab
und sah dabei zu, wie sie aufstand. Alissa bemerkte, dass
sie ihr Make-up nicht erneuert hatte.

Möchtest du etwas? Ich habe Obst und Käse. Da Alissa nur den Kopf schüttelte, während sie sich fröstelnd
auf die Kante des Sessels setzte, sagte sie noch einmal:
Du machst mir Sorgen. Ein Rand angetrockneter Milch
befleckte den olivgrünen Samt ihres Hausanzugs. Alissa
hatte sie nie mitten am Tag in solcher Bekleidung gesehen, und es war, als würde noch etwas zusätzlich aus der
Spur laufen. Ziehst du dich nicht einmal mehr richtig
an?, fragte sie nach einer Weile. Das ganze Gesicht ihrer
Mutter weitete sich vor Überraschung. Ich glaube nicht,
dass das jetzt wirklich das Problem ist, amüsierte sie
sich, indem sie ihrer Tochter freundschaftlich eine
Hand aufs Knie legte, wie um sie vor einem erneuten
Umkippen zu bewahren.

Richard hat mir gesagt, du hast sie neulich in der Au-
toschale liegen lassen, als du schlafen gingst. Was denkst
du dir denn, was hast du bloß? Alissa biss in einen Pfir-
sich, der Saft lief ihr übers Kinn. Die Fragen quälten sie,

das musste aufhören. Ich habe eine Mutter, die mich erst dazu drängt, eine Wohnung zu nehmen, die viel zu klein ist, um mit einem Kind darin zu leben, und sich dann nicht mehr darum schert, das habe ich. Sie blickte flüchtig auf, um zu sehen, was für eine Reaktion sie auslöste. Ihre Mutter lehnte sich im Sessel zurück, als wollte sie ihre Niedertracht aus größerer Distanz betrachten. Dann warf sie ihr in einem plötzlichen Impuls die Nektarinenschalen ins Gesicht. Alissa fegte sie von ihrem Hals und ihren Kleidern, als wären es glühende Kohlen. Sie wollte nur noch eines, fliehen, ganz einfach, fliehen aus Angst vor den Erklärungen, die sie vielleicht würde geben müssen, und trotz jener anderen Angst, die sie plötzlich befiel, der Angst, nach Hause zurückzumüssen, zumindest für die Zeit von Unas Mittagsschlaf, und erneut in die Stille der Anlage einzutauchen, in die Wohnung, aus der nichts den faden Geruch vertreiben konnte, die mit angehaltenem Atem verschlungenen Kekse und Getreideflocken so wenig wie der Eistee, den sie literweise trank. Ihre Mutter war aufgestanden, um sie daran zu hindern, Unas Sachen in die große Tasche zu stopfen. Alissa machte sich vom Griff ihrer scharfen Krallen los. Ihr war so elend, dass sie fast zusammenbrach.

Geh zum Therapeuten oder lass dir was verschreiben, aber du musst dich wieder fangen. Una braucht dich, Richard auch. Alissa stöhnte auf, um diese verhassten Worte abzuwürgen. Sag das nie mehr, flehte sie kläglich und presste die Tasche an sich. Ihre Mutter ließ es dabei bewenden, entfernte sich, lehnte sich an die Spüle und senkte den Blick auf die am Boden verstreuten Nektarinenschalen. Alissa nahm Una auf den Arm, deren Kopf gegen ihren Hals fiel wie ein lebloses Gewicht. Gut, ich geh dann, seufzte sie und eilte mit ihrer großen Tasche, die sich in ihren Beinen verfing, zur Tür.

Ich kann ein paar Tage kommen und dir helfen, wenn du willst, aber so darfst du nicht weitermachen, sagte ihre Mutter noch in einem letzten Versuch, sie zu beruhigen. Alissa drehte sich abrupt um, sie war baff. Aber es gibt keinen Platz, weder hier noch bei mir, freute sie sich, als könnte diese Wahrheit ihr Gerechtigkeit widerfahren lassen. Ihre Mutter hielt sich mit beiden Händen an der Spüle fest. Alissa hörte noch ihr Flehen, sie möge damit aufhören, dann fiel die Tür zu und sie fand sich im gelblichen Dämmerlicht des Korridors wieder. Sofort ließ der Zorn nach. Sie fühlte sich so einsam, so gefangen, so zerbrechlich in dem definitiven und unerträglichen Bewusstsein, dass sie für dieses in die Welt gesetzte Leben, was auch immer geschehen mochte, die Verantwortung trug.

Kathy hatte eine Nachricht hinterlassen; sie fragte, ob sie am 4. Juli abends Zeit hätten. Im Hintergrund ahnte man ein fernes Meeres- oder auch nur Verkehrsrauschen. Alissa hörte die Nachricht noch einmal ab, als könnte sie ihr noch etwas Neues entnehmen. Die Überraschung über den Flirt, den ihre Mutter erwähnt hatte, kehrte zurück, unverändert, verblüffend. Sie legte das Telefon auf den Sitz, dann kam ihr die Idee, in der Denslow Avenue anzurufen. Ihr Puls schlug mit dem Rufton um die Wette, er war lächerlich rasch, obwohl sie doch gern geglaubt hätte, es betreffe sie nicht, was ihr Vater tat. Der Anrufbeantworter ging an. Es war ihre eigene Stimme, zwei oder drei Jahre zuvor aufgenommen, die wortreich mitteilte, die ganze Familie sei unterwegs. Sie ließ ein paar Sekunden verstreichen, in denen zwei Motorräder mit flatternden Wimpeln an ihr vorbeizogen. Du hast die Ansage behalten, bemerkte sie heiser, bevor sie hinzufügte: Ich bins, und auflegte.

Sie war praktisch schon auf der Höhe der richtigen Ausfahrt, doch dann zog sie es vor, ein Stück weiter auf die I-10 abzubiegen. Es war schon fast fünf. Ein wärmeres Licht beschien die Palmwipfel und die hoch aufragenden Schilder zwischen den Asphaltbändern, die einen ununterbrochenen Autostrom durch die Stadt beförderten. Alissa liebte diese Strecke, an deren Ende unter Wolkenbänken, die sich gegen Abend auseinanderzogen, der Ozean lag. Ohne es wirklich beabsichtigt zu haben, fuhr sie Richtung Audrey. Auch sie untätig und disponibel zu wissen in dieser Welt, der sie sich nicht zugehörig fühlte, tröstete sie. Und ihr schien, sie könnte sich an ihre Angst vor Jim gewöhnen.

Eine halbe Stunde später war sie in dem Viertel, fand aber das Haus nicht mehr. Die Straße roch stark nach

Jasmin und nach dem säuerlichen Harz des frisch unter den Büschen verteilten Rindenmulchs. Alissa fuhr langsam, eine Hand auf dem Schoß, und versuchte den Zugangsweg wiederzuerkennen, den am Abend der Party Dutzende Autos verstopft hatten. Dann kamen endlich die üppigen Klettertrompeten in Sicht und direkt darunter, halb versteckt im orangefarbenen Schatten der Blüten, stand Richards Bus. Alissa hielt jäh an und würgte, überrascht vom Hupen eines Geländewagens, der aus einer Garage preschte, den Motor ab. Sie ließ das Auto wieder an und fuhr am Haus vorbei, von dem sie durch das Raster der Gitterstäbe des großen Eingangstors kaum die Terrasse und den Pool sehen konnte.

Richard machte nie so früh Feierabend. Und das ließ ihr keine Ruhe, mehr noch als die Tatsache, dass er ihr von diesem Besuch nichts gesagt hatte. Sie dachte daran, ihn zu überraschen, aber der Geländewagen saß ihr im Nacken und hatte sie schon mehrere Straßen weitergetrieben, und sie legte keinen Wert darauf, Audrey in ihre Zwistigkeiten einzuweihen. Von Una war nichts mehr zu hören. Doch sie war wach. Alissa sah sie im Rückspiegel den Kopf hin und her wälzen und sich heftig aufbäumen. Ihr verdrossenes, in den Falten ihres Hemdchens verlorenes Gesicht machte ihr Schuldgefühle. Sie würde nach Hause fahren und sie wickeln und vor allem Ordnung machen, um den Trübsinn zu vertreiben, sie durfte keine Schwäche zeigen, wenn es zum Streit käme.

Die Gärtner waren dabei, schwere Säcke mit Kompost-
erde abzuladen, als Alissa ankam; nur langsam machten
sie die Einfahrt zur Garage unten frei, in die sie hinein-
schlüpfte wie in eine Felsenhöhle. Der Platz des weißen
Kombi, drei Reihen von ihr entfernt, war leer, wie sie sofort bemerkte. Ihr wurde ein wenig flau im Magen, aber
sie ignorierte es erfolgreich. Das elektrische Tor schloss
sich mit einem dumpfen Geräusch, das unter der niedrigen Decke widerhallte. Una begann zu jammern. Alissa schnallte sich ab und schaffte es, die Tasche und die
Babyschale aus dem Wagen zu nehmen, ohne eines von
beidem auf dem schmierigen Zementboden abstellen zu
müssen. Sie fühlte sich nicht wohl in diesem nur von ihren eigenen Schritten belebten Halbdunkel und eilte zur
Treppe, die über die ganze Haushöhe von der Mattglas-
wand zur Straße hin aufgeheizt wurde.

Ein gestreiftes Badetuch trocknete auf dem Zaun des
Pools, aber um das Becken herum war es menschenleer.
In den Etagen war von wer weiß woher Musik zu hören
und ab und zu das Gewinsel des Hunds. Alissa sah im
Vorbeigehen, dass der Aschenbecher wieder im Blumenkasten stand. Ihr war heiß, die Schulter schmerzte vom
Tragen, sie stützte die Babyschale auf dem Geländer ab,
bis sie ihre Schlüssel hervorgekramt hatte. Una fixierte
sie mit ihren graubraunen Augen, die jeden Tag ein wenig heller wurden. Sie hatte sich das Mützchen vom Kopf
gezogen und hielt es in ihrer Faust. Alissa beugte sich
über sie, um es ihr abzunehmen, betrachtete sie dann

minutenlang und versuchte, diese Seele zu ergründen, die so sonderbar präsent wurde, und vor allem, das Geheimnis ihres eigenen Grolls zu verstehen. Denn es war abartig, aber sie war ihr böse. Die Strapaze des Geschreis hinterließ bei ihr ein Gefühl der Zerschlagenheit, das die Reaktion auf eine sehr viel ältere und grundlegendere Anspannung war. Ich mag dich nicht, artikulierte sie ganz leise und sehr langsam, ohne den Blick von ihr zu wenden. Nichts geschah. Alissa richtete sich auf und holte tief Luft, um das Entsetzen und die Verblüffung darüber, dass sie derart schlecht war, zu lindern.

Die Fenster standen offen; man hörte deutlich eine Stimme von der Straße her, auf der anderen Seite der Wohnung. Alissa legte die Schlüssel ins Regal und stellte die Babyschale auf dem Tisch ab, dann setzte sie sich einen Augenblick aufs Sofa. Die Wolldecke lag ebenso auf dem Boden wie die leere Cornflakespackung; die Krümel hatten sich in den Vertiefungen des Polsters gesammelt. Als Alissa darauf schlug, wirbelte sie eine Handvoll Sand aus den Falten des Bezugs auf. Die Packung stopfte sie in den Mülleimer, genauso wie die Milch, die seit dem Morgen sicherlich sauer geworden war, und die Muffinreste, die Flecken von geschmolzener Schokolade auf dem Resopal hinterließen.

Das Geklingel einer Rassel ertönte aus der Babyschale, als sie aufstand. Das macht sie zum ersten Mal, dachte sie ungläubig. Es schüchterte sie ein, ein kleines Wunder, und doch verbot sie sich nachzusehen. Sie ließ

Wasser ins Becken laufen, stellte die Spülmaschine an. Die Anstrengung nahm ihr schon den Atem, doch sie zwang sich weiterzumachen. Die Musik auf der Galerie war lauter geworden. Alissa trat vor die Tür, die Wolldecke in der Hand, und sah ihn unten in Shorts und T-Shirt hinter dem Zaun stehen, unschlüssig, das gestreifte Badetuch über der Schulter. Hallo, rief er fröhlich, als lenkte ihr Erscheinen ihn von einem Problem ab. Alissa erwiderte den Gruß. Eine Art heißes Kribbeln breitete sich unter ihrer Haut aus. Sie zog sich zurück, da sie nicht wusste, was sie zu ihm sagen sollte, aber er achtete schon gar nicht mehr auf sie. Er hatte sich gebückt, um etwas aufzuheben, was er ein paarmal in die Luft und dann über die Palisadenwand warf. Jetzt schlenkerte er seinen Arm mit dem Handtuch im langsamen Rhythmus seiner Schritte und wandte sich zur Treppe, sein gesenkter Kopf schien zu grübeln.

Alissa hatte ihn nicht heraufkommen sehen, aber zweifellos war er nun weggegangen, denn die Musik war verstummt. Die Aufräumaktion, die sie trotz aller Aufregung über seine Anwesenheit fortgesetzt hatte, wurde von Unas Erwachen unterbrochen. Alissa wickelte sie und fühlte sich plötzlich unendlich schuldig und verloren vor dieser ergreifenden Zerbrechlichkeit, die sie weder hassen noch lieben, sondern nur beklagen und fürchten konnte, um Gnade und Vergebung bittend.

Sie schlummerten beide auf dem frisch gesaugten Sofa, als Richard auftauchte. Hallo, meine Süßen, rief er und warf seine Jacke auf den Schaukelstuhl, dann kam er, um sein Gesicht in ihre Wärme zu stecken, aber es schien ihn nicht wie sonst anzumachen. Jim wird depressiv, verkündete er merkwürdig laut, indem er sich neben sie fallen ließ. Mit der Fernbedienung in der Hand starrte er eine Zeit lang auf die wechselnden Programme, bevor er zerstreut fragte, wie sie den Tag verbracht hätten. Alissa fand, dass er aussah, als hätte er geweint oder getrunken, was sie verunsicherte.

Warum hast du heute Morgen nicht gesagt, dass du weißt, dass Una bei meiner Mutter war? Er schnaubte ein kleines Lachen durch die Nase. Und warum hast *du* es mir nicht gesagt? Er hatte ihr endlich sein maskenhaft lächelndes Gesicht zugewandt, das beinahe Angst machte. Du bist komisch, was habt ihr genommen? Ein oder zwei Joints, nichts Schlimmes, seufzte er und richtete die Fernbedienung auf das Bild, das in einer Farbenexplosion erlosch. Er streifte sich die Schuhe von den Füßen und knöpfte sein Hemd auf. Dann fiel sein Blick plötzlich auf Una, und ganz langsam, wie in einem Moment der Wiedergeburt oder höchsten Erstaunens, bekam sein Gesicht seinen alten ehrlichen Ausdruck zurück. Alissa legte die Kleine neben sich ab und hob das Fläschchen vom Boden auf. Ich bring sie ins Bett, sagte sie in fragendem Tonfall. Nein, bleib hier, bat er, und als sie sich wieder gesetzt hatte, legte er seinen Kopf auf ihren Schoß. Alissa griff in seine verqualmten Locken. Er reagierte mit einem schwachen Stöhnen auf ihre Geste und grub seinen Mund in ihren Bauch, sodass sie kaum hören konnte, wie er murmelte: Warum ist es nicht mehr so schön wie vorher?

Alissa sagte nichts, verbot sich zu denken. Richard zog sein Gesicht aus ihrem T-Shirt, wälzte sich auf den Rücken. Er betrachtete sie lange, löste mit zartem Finger die Haare, die ihr im Nacken klebten. Seine Augen waren gerötet und seine Lippen blass und aufgesprungen. Alissa schob ihre Hand in die Wärme unter seinem Hemd. Es rührte sie, dass sie ihn schön fand.

Kurz nach neun rief ihr Vater an. Das schlechte Gewissen und die Vorahnungen dieses seltsamen Tages hatten sie mitgenommen, und sie hatte sich nach dem Abendessen hingelegt. Hallo, meine Tochter, scherzte er mit liebevoller Strenge. Alissa setzte sich im Bett auf: Sie fürchtete, seine Zuneigung nicht so aufzunehmen, wie es sich gehörte. Entschuldige, ich war eingeschlafen, sagte sie mit einem Räuspern. Ich habe deine Nachricht gehört, ich habe überlegt, ob du versucht hast vorbeizukommen. Alissa verneinte, traute sich aber nicht zu fragen, wie er auf die Idee kam, und wusste nicht so recht, was sie ihm erzählen sollte. Deine Mutter hat mir gesagt, die Kleine habe sich sehr verändert. Alissa schwieg. Warum sagte man ihr nichts von dieser Waffenruhe zwischen ihren Eltern? Fast hätte sie sich darüber beklagt, aber sie begnügte sich damit zu bestätigen, ja, die Kleine verändere sich enorm. Sie scheint uns jetzt zu erkennen, fügte sie mit bebender Stimme hinzu. Der große innere Tumult aus Schuldgefühlen und Glück bei dem Gedanken, dass Una sie jetzt erkannte, trieb ihr die Tränen in die Augen.

Richard hatte die Tür zugemacht, damit sie nicht vom Fernsehen gestört wurden. Es war fast dunkel und kühl im Zimmer, über dem die tiefe Ruhe von Unas Schlaf lag. Du bist müde, sagte ihr Vater. Ich werde versuchen, bei euch vorbeizukommen, vielleicht dieses Wochenende. Alissa sagte, ja, bitte, komm. Sie legte auf, und da erst merkte sie, dass sie ihre Regel bekommen hatte, zum ersten Mal seit der Entbindung.

Richard hatte im Wohnzimmer kein Licht gemacht. Sein vom Rausch verzerrtes und vom Fernseher erleuchtetes Gesicht schien in der Dunkelheit zu schweben. Alissa, die sich fröstelnd die Arme rieb, kam näher. Er empfing sie mit der freien Hand, die er zwischen ihre Schenkel schob, ohne den Film, den er im Schnelldurchlauf abspielte, anzuhalten. Das Bild war so schlecht, dass es dauerte, bis Alissa einen Panzer erkannte, der auf einen staubigen Horizont zurollte. Den hat mir Jim gegeben, sagte er als Antwort auf ihr erstauntes Schweigen. So geht das die ganze Zeit, es passiert eigentlich nichts, fügte er noch hinzu, ohne aber den Blick vom Bildschirm zu wenden.

VII

Viel später in der Nacht wachte Alissa wieder auf. Die Schlafzimmertür stand einen Spalt offen, ein Luftzug ließ den Schmutz knistern, der sich im Gitter der Klimaanlage neben ihrem Ohr verfangen hatte. Sie erhob sich schlapp. Richard war im Bad; zwischen seinen Armen lag Una auf der Wickelauflage, und er beugte sich über sie wie im Gebet. Ein fader Geruch lag im Raum. Die Kleine hatte gespuckt, sie fieberte, aus ihrer Brust kam ein fernes Rasseln. Richard hatte fast alle Lichter gelöscht in der irrigen Annahme, er könnte sie wieder zum Schlafen bringen. Vom Kiffen waren ihm nur noch Müdigkeit und Unruhe geblieben, er hatte den etwas komischen verstörten Ausdruck, den große Augenschatten verleihen. Alissa stellte überrascht fest, dass er noch nicht ausgezogen war. Sie ahnte sofort, dass Unas Qualen in diesem Augenblick auch ihn an seine Grenzen brachten.

Sie hatte Bauchweh. Richard sagte, ach so, entschuldige, und ging hinaus, als wäre ihm jetzt erst eingefallen, warum sie im Bad war. Una reagierte kaum auf das Licht der Deckenlampe. Ohne ihre Hand loszulassen, setzte

Alissa sich auf die Toilette; sie so schlaff und mit pfeifendem Atem zu sehen, machte sie fassungslos. Während sie in die Kloschüssel unter ihr Blut tropfen sah, rief sie durch die Tür, sie sollten vielleicht ihre Mutter um Rat fragen. Aber Richard wollte die Kleine lieber direkt ins Krankenhaus bringen, und diese Idee beruhigte sofort, wie ein Schnaps, ihre Widerstände und Ängste.

Die Nacht hüllte die Wohnanlage in eine unglaubliche Stille, als sie auf die Galerie hinaustraten. Die Gebäude ragten auf wie schlafende Riesen, und der blaue Grund des Pools hob sich fast unwirklich vom Halbdunkel der Terrasse ab. Alissa wartete vor dem Haus, bis Richard das Auto aus der Garage geholt hatte. Die feuchte Luft roch nach umgegrabener Erde, der Himmel schien sich mit Vögeln zu bevölkern. Una wog nichts, reagierte nicht. Ihr Fieber war weiter gestiegen und ihr Atem war schwach, ein mühsames, tierisches Geröchel. Alissa hatte das Gefühl, ein glühend heißes Gewicht sei ihr leblos in die Arme gefallen. Es war so verwirrend, dass sich keine Angst einstellte. Im Grunde ihres Herzens oder eines Bewusstseins, das gleichsam außerhalb ihrer selbst existierte, war sie vom Schlimmsten überzeugt und sagte sich: Es ist also aus, überwältigt von Erleichterung und Dankbarkeit, dass sie nichts dafür konnte und dass es nicht wehtat. Ein Auto hatte auf ihrer Höhe abgebremst, und ein besorgtes Gesicht drehte sich im Weiterfahren zu ihr um. Richard kam aus der Garage, er machte ihr ein Zeichen mit der Lichthupe, die einen kurzen weißen Schein in die wattige Nacht warf.

Alissa setzte sich neben ihn nach vorn. Die Uhr auf dem Armaturenbrett zeigte vier Uhr zwölf. Richard roch nach Schweiß und Rauch, er hörte nicht auf, mit nervöser Hand abwechselnd durch seine Haare zu fahren und ungeduldig aufs Lenkrad zu trommeln. Warum hast du nicht geschlafen?, fragte sie leise, nachdem sie das Viertel hinter sich gelassen hatten. Er wisse es auch nicht, es sei wohl das Kiffen oder diese hypnotisierenden Bilder der endlosen Wüste. Eigentlich habe er keine große Lust zu reden, entschuldigte er sich, so sanft er konnte, während er Unas Fuß durch den Strampelanzug massierte.

Es war nicht so schlimm, wie sie gedacht hatten, aber Una sollte ein paar Tage unter Beobachtung bleiben, bis das Fieber zurückginge und die Bronchien frei würden. Alissa hatte nicht damit gerechnet, dass sie dort schlafen musste. Man gab ihr ein Krankenhausnachthemd und wies ihr ein Zimmer zu, wo ihr Bett neben der Wiege stand. Richard war nach Hause gefahren, um ein wenig zu schlafen, Una schlief auch, nachdem man sie durch brachiales Drücken auf ihren Brustkorb von dem brodelnden Schleim befreit hatte. Alissa blieb eine Weile träumend vor den großen Fensterscheiben stehen, die den Lärm der Stadt dämpften, in der zwischen den letzten Leuchtreklamen der Verkehr wieder eingesetzt hatte. Es ging ihr gut, sie war nicht müde.

Diese drei Tage waren wie Erholung für sie. Die große Nähe zu Una in dem kuscheligen Weiß der Bettlaken und der Wäsche linderte seltsamerweise den Schrecken der Verantwortung. Alissa wurde vertraut mit ihrer Zerbrechlichkeit, dieser fast durchsichtigen Haut, unter der die Organe zutage traten. Sie gewöhnte sich sogar an, ihr in die Augen zu schauen, in denen jetzt die verwirrende Präsenz einer Seele zu erahnen war. Wenn sie sie gebadet hatte, drückte sie, bevor sie sie wieder anzog, ihr Gesicht an ihr Herz und nahm so minutenlang ihr Fieber, ihre Sanftheit, ihren Schmerz in sich auf. Später am Vormittag war sie bei der Behandlung dabei und zwang sich, Una anzusehen und ihrem Schreien zuzuhören, wenn die großen Hände ihre Brust zusammendrückten, damit sie den Infekt ausspuckte und jeden Tag ein wenig freier atmen konnte.

Richard kam in der Mittagszeit und ihre Mutter am Nachmittag. Sie war besorgt, und das trug zu dem Gefühl bei, dass das Leben ihr wieder gnädiger wurde. Auch Richards Bruder besuchte sie, und sie erhielt viele Anrufe, vor allem von Audrey, die Jims ständige Gesellschaft, wie Alissa glauben wollte, belastend und stressig zu finden begann. Nachts schuf der graue Schein eines Notlichts eine unwirkliche Atmosphäre im Zimmer. Ab und zu öffnete sich die Tür kurz, und ein Gesicht, das in die Stille spähte, bedeutete ihr weiterzuschlafen und zog sich zurück.

VIII

Richard holte sie dann am späten Freitagvormittag ab. Kathy hatte angekündigt, sie werde versuchen, da zu sein, schließlich aber abgesagt. Alissa wartete in der Hitze des Eingangs, wo sie sich in den Scheiben sehen konnte, allein mit Una, bepackt mit der Babyschale, die Richard am Tag zuvor schon vorsorglich mitgebracht hatte, und einer Tasche voll Plüschtieren, Klamotten und Zeitschriften, die sich in diesen drei Tagen angesammelt hatten.

Er hielt vor der Tür und lächelte durch die Windschutzscheibe, bevor er ausstieg, um ihr zu helfen. Alissa schlüpfte auf die Rückbank, wo sie mit der Kleinen bleiben wollte. Alles war genauso wie bei der Rückkehr von der Entbindung. Sie hatte plötzlich das Gefühl, noch einmal die Entdeckung ihrer Ängste zu erleben, aber ohne die naiven Illusionen von damals und ohne die Euphorie und die Aufmerksamkeit, die sie, sobald sie wieder in der Denslow Avenue war, abgelenkt hatten. Hellsichtig und mitleidlos sagte sie sich mehrmals, es sei ihre Entscheidung gewesen und sie habe jetzt keine andere

Wahl mehr. Ihr Herz war wie ein Schwamm, der die Wahrheiten aufsaugte, merkwürdigerweise ohne dass es wehtat. Die Sonne brannte ihr in den Nacken und löste allmählich ihre Verkrampfungen. Richards Blicke suchten sie ständig im Rückspiegel, vielleicht beunruhigte es jetzt auch ihn, wie real und endgültig alles war.

Er hatte aufgeräumt und den Ventilator auf die Höchststufe gestellt, wahrscheinlich ein Versuch, mehr Luft und Licht zu bekommen. Der Schreibtisch stand jetzt in der Ecke, neben dem Fenster; der Bildschirm, auf dem die Fotos von Una die Hochzeitsbilder ersetzt hatten, war von der Treppe aus zu sehen. Alissa hätte nicht gedacht, dass ein Leben ohne sie während ihrer Abwesenheit so schnell Gestalt annehmen könnte. Sie bemühte sich aber, zuversichtlich und fröhlich zu sein, als wäre es immer noch möglich, Illusionen zu schüren und mit ihnen zu leben, ohne sich Fragen zu stellen.

Ihre Mutter hatte versprochen, ihr den ganzen Nachmittag Gesellschaft zu leisten. Sie kam kaum fünf Minuten, nachdem Richard aufgebrochen war, mit einem großen Sonnenhut in der Hand. Die Vertrautheit, zu der sie während ihrer Besuche im Krankenhaus zurückgefunden hatten, ließ sie jetzt ihre alten Sommergewohnheiten wiederaufnehmen. Wie durch ein Wunder fiel all das, was zwischen ihnen gesagt und diskutiert worden sein mochte, nicht ins Gewicht.

Alissa klappte zwei spinnwebenverklebte Liegestühle auf, die sie gefunden hatte, und ihre Mutter begann sie

mit dem Schlauch abzuspritzen. Sie trug einen türkis-
grünen Badeanzug, den man in der Denslow Avenue seit
Jahren nicht mehr an ihr gesehen hatte. Ihre langen
Muskeln zeichneten sich zart unter der schlaff gewordenen braunen Haut ab. Mit ihren sorgfältig epilierten
Leisten und Achselhöhlen wirkte sie jedes Jahr hagerer,
beobachtete Alissa, das verlieh ihr die sonderbare Ele-
ganz eines Stelzvogels.

Der Pool war warm wie eine Badewanne. Alissa rührte mit ihrem Fuß die dicke Schicht von toten Insekten,
Blumen und dürren Blättern auf, die rundum am Beckenrand schwappte. Dann ließ sie sich hineingleiten
und tauchte langsam unter. Sie sah die türkisfarbene Silhouette ihrer Mutter durch das leicht gekräuselte Wasser
hindurch und die Wolke von Haaren, die sich mit medu-
senartigen Wellenbewegungen ausbreitete. Als sie wieder an die Oberfläche kam, schwammen zwei gelbe Blütenblätter neben ihrem Gesicht. Doch die Galerie des
ersten Stocks war immer noch wie ausgestorben.

Alissa blieb träge im Wasser, die Wange in der Hitze
der Kacheln auf die Arme gelegt, entschlossen, sich
nicht mehr zu rühren, bis die Lichtreflexe auf der Mauer
gegenüber sich vollkommen beruhigt haben würden.
Ihre Mutter hatte Una im Schatten ihres Hutes auf ihrem Bauch liegen. Sie fand, sie habe schöne Hände, die
voraussehen ließen, dass sie groß werde, und sprach von
Unas allerersten Tagen *zu Hause,* als wäre das Zuhause
immer noch bei ihr. Gegen drei ging sie hinauf, um Eis-

tee und Kekse zu holen; Alissa rief unterdessen Richard an und hinterließ Kathy eine Nachricht mit der Frage, was sie am Sonntag mitbringen sollten. Dann legte sie sich rücklings ins Wasser, den Kopf auf dem Beckenrand abgestützt, und schaute in den Himmel. Das war genau das Leben einer jungen Mutter, das sie sich immer vorgestellt hatte: müßige Tage, die in Gesellschaft ihrer Mutter und der Kleinen im kühlen Schatten der Orangenbäume des Patio vergingen, in Fortsetzung der sorglosen Weltvergessenheit, die ihre Jugend gewesen war. Ohne den Verrat ihrer Mutter hätte dieser Traum Realität werden können, dachte sie ein wenig aus Gewohnheit und ohne echten Schmerz, so weit lag diese Sehnsucht bereits zurück.

Dann verschwand die Sonne allmählich von der Poolterrasse, und die ruhige Wasseroberfläche schien sich zu trüben. Sie mussten die Liegestühle wegräumen und alles wieder mit hinaufnehmen, was sie im Lauf des Nachmittags heruntergeholt hatten. Ihre Mutter setzte sich noch zum Plaudern und um Una in den Schlaf zu wiegen in den Schaukelstuhl, der jetzt dem Eingang gegenüberstand. Ein warmer Luftzug bewegte die schweren Blätter des ausgeschalteten Ventilators. Alissa hatte darauf verzichtet zu duschen und nur ein Sweatshirt über den Badeanzug gestreift. Sie wusste, dass ihre Mutter erwartet wurde, ihre leichte Zerstreutheit stresste sie. Der Zauber war gebrochen. Una schlief, Alissa trug sie ins Schlafzimmer, und ihre Mutter ergriff die Gelegenheit, sich früher als gedacht davonzumachen. Ich lass dich ein bisschen allein, sagte sie, du hast sicher eine Menge zu tun.

Alissa hatte bemerkt, dass er zu Hause war, doch als sie ihn, nachdem sie ihre Mutter hinausbegleitet hatte, am Geländer antraf, fühlte sie sich überrumpelt. Er grüßte, indem er den Mund verzog, um den Rauch auf die andere Seite zu blasen. Gehts der Kleinen besser?, fragte er, sichtlich amüsiert darüber, dass ihre Miene finster und misstrauisch wurde. Ich habe Sie neulich nachts weggehen hören, erklärte er und bot ihr eine Zigarette an, die sie mit einem etwas schroffen Abwehrreflex zurückwies. Er hatte sich ihr zugewandt, ein Auge geblendet zusammengekniffen, den Mund mit den vorstehenden Eckzähnen zu einem breiten Lächeln verzogen. Alissa hatte sein Gesicht noch nie richtig gesehen. Es war sehr braun, von kleinen Aknenarben übersät, unter die sich Bartstoppeln mischten. Eigentlich fand sie ihn schön, schöner sogar, als sie gedacht hätte, aber von einer reifen, ungebundenen Schönheit, mit der sie sich nie hätte wohlfühlen können. Von ihrer fantasierten Begierde war nichts übrig als eine schreckliche Verlegenheit darüber, ihm so nah zu sein. Er musterte sie unauffällig und schien wie jedes Mal seinen Spaß daran zu haben, wie hübsch oder wie verwirrt sie war.

Ich heiße übrigens Ivan, sagte er leicht spöttisch, während er seine Asche in den Blumenkasten streifte. Sie sind Alissa, richtig? Er fragte auch noch, wie alt die

Kleine sei, ob sie aus Los Angeles kämen, womit er wohl sein seltsames Verhalten wieder gutmachen wollte, das sie verschreckt hatte. Alissa wäre gern zurück in die Wohnung gegangen – dass er ihr nicht wirklich gefiel, verstimmte sie –, doch er hatte sich ans Geländer gelehnt und schien sich auf ein längeres Gespräch einzurichten.

Ist Ihr Freund ein Kriegsheld?, fragte er ohne Umschweife, wie um sie zu testen oder herauszufordern. Alissa fühlte sich angegriffen, bevor sie verstand, dass Richard während ihrer Abwesenheit Jim eingeladen haben musste. Da sie nicht antwortete, verdeutlichte er seine Frage durch eine brutale Geste mit der flachen Hand in Höhe seiner Schulter. Alissa ärgerte sich, weil sie rot wurde und nicht viel zu sagen wusste, außer dass Jim zu dem Kontingent gehörte, das im November des vorigen Jahres ausgerückt war. Kopfschüttelnd saugte Ivan einen ganzen Schwall Luft und Rauch ein wie ein Feuerschlucker. Zeit genug, um sein Leben zu verpfuschen, urteilte er mit einem langen Ausatmen durch die Nase. Alissa wehrte sich, als würde an ihrem eigenen Ansehen gekratzt. Sie verstand aber nicht genau, ob seine Verachtung Jim galt, und warf sich vor, zu wenig informiert zu sein, um wirklich eine Meinung zu vertreten.

Was für ein Schwachsinn, wiederholte er zweimal wie zu sich selbst und schüttelte sich schaudernd. Das sagen Sie, weil Sie es von sich selber feige finden, nicht hinzugehen. Alissa hatte gekontert, ohne wirklich zu denken, was sie da von sich gab, und merkte verwundert, dass er irritiert war. Das Schlimmste ist, dass Sie nicht ganz unrecht haben, gab er verblüfft zu. Doch Alissa war ganz woanders, alle Kraft hatte sie verlassen. Genau das trieb Richard seit ein paar Tagen um, begriff sie: Er fühlte sich als feiger Drückeberger, weil er geheiratet hatte.

Ein Telefon hatte zu läuten begonnen. Ivan stieß mit dem Fuß die Wohnungstür auf, als wollte er Alissa auffordern, für ihn abzuheben, dann löste er sich mit einem Schwung des Beckens vom Geländer und lud sie ein, sich bei ihm umzuschauen. Die Wohnung war kleiner als ihre, aber durchflutet von Licht, das einerseits von der Straße herkam und andererseits von der großen weißen Mauer gegenüber, auf der die Reflexe des Pools flirrten. Ein Schreibtisch auf metallenen Böcken nahm die ganze Wand zur Straße hin ein. Er war mit ordentlich aufgestapelten Büchern und Unterlagen bedeckt und wurde überragt von einem Computer, auf dem ein Filmbild über den ersten Wörtern einer italienischen Dialogzeile stehen geblieben war.

Sie machen Untertitel, stimmts?, fragte sie, als er aufgelegt hatte. Mit einem Nicken setzte er sich auf den Rand des Schreibtischs und ließ den Film weiterlaufen. Alissa sah einen Augenblick den vorüberziehenden Bildern zu, aber ohne sich darauf konzentrieren zu können. Ivan, immer noch auf der Tischkante, betrachtete sie von Neuem mit einem freundschaftlichen Lächeln.

131

Alissa wusste, dass sie jünger war und besser aussah als die Schwimmerin, aber das war dermaßen unwichtig geworden. Um etwas zu sagen, erklärte sie, Richard habe mit einem Freund eine Importfirma für ausländische Filme gegründet. Er begrüßte die Initiative mit einem bewundernden Gesichtsausdruck, und sie dankte mit einem Schulterzucken, gleichgültig oder bescheiden. In Wirklichkeit konnte sie nichts von dem hartnäckigen und entwaffnenden Gefühl ablenken, dass Richard unter Jims Einfluss von Zweifeln und Reue geplagt wurde.

Ich glaube, man ruft nach Ihnen, sagte sie, da sie Schritte und ein verhaltenes Hallo von der Galerie über ihnen hörte. Er löste sich vom Schreibtisch und ging hinaus. Hallo, antwortete er und streckte sein Gesicht mit einem verschwörerischen Augenzwinkern in die Sonne. Alissa folgte ihm nach draußen. Die Frau beugte sich übers Geländer. Ihre Hände umrahmten ihr Gesicht, als blickte sie durch eine Scheibe oder ein Loch im Zaun. Geht es der Kleinen besser?, fragte auch sie mit langsamer, warmer Stimme. Ja, sagte Alissa, es geht schon, und sie machte eine Geste des Abschieds, denn sie merkte plötzlich, dass sie unter dem langen Sweatshirt immer noch die Bikinihose trug.

Sie schloss die Tür hinter sich und blieb einen Augenblick stehen, um sich an das Halbdunkel zu gewöhnen, bevor sie ins Bad ging und sich das Gesicht erfrischte. Von dem Haufen Badetüchern in der Dusche stieg feuchter Chlorgeruch auf. Alissa stopfte sie in die Waschma-

schine, knallte den Deckel zu, traktierte ihn mit Faust-
hieben und richtete sich dann rasch auf, um ihr Gesicht
einer Irren im Spiegel zu sehen. Sie war puterrot, weil sie
zu viel Sonne abbekommen und weil sie sich gerade, wie
sie fand, sehr dämlich angestellt hatte; so wirkte sie
richtig rund. Una begann, sich bemerkbar zu machen,
aber Alissa war noch nicht fertig mit sich selbst. Eine
Art Instinkt befahl ihr, sich immer weiter zu quälen, bis
eine Reaktion erfolgte. Sie schob ihr Sweatshirt hoch,
betrachtete ihre füllige Taille und grub mit der ganzen
Wut, zu der sie fähig war, die Fingernägel beider Hände
in den Wulst. Aus dem Schlafzimmer kamen vereinzelte
Klagelaute. Alissa atmete tief ein, bevor sie ihr Fleisch
losließ, in das die Nägel so etwas wie einen auf den Kopf
gestellten Blick gezeichnet hatten.

Una weinte jetzt richtig. Alissa ging zu ihr, riss sie
mit unverhältnismäßigem Schwung aus dem Bett, hielt
sie einen Moment ganz nah an ihr Gesicht und legte sie
dann, ratlos, da sie nicht wusste, wie sie ihre Wut und
ihre Verzweiflung ausdrücken sollte, zurück auf die Matratze, während sie mit zitternder Stimme flehte, sie
möge doch ein bisschen still sein. Nach einem kurzen
Luftanhalten fing das Geschrei wieder an. Alissa ging
aus dem Zimmer und schloss die Tür hinter sich ab. Die
Szene hatte sie so mitgenommen, dass sie sich setzen
musste.

Lautes Plantschen hallte zwischen den Mauern der
Wohnanlage wider. Die Stimme der Schwimmerin rief

etwas, was von einem zweiten Kopfsprung übertönt wurde, und bald erschütterte das dumpfe Getrappel nackter Füße die Betontreppe. Alissa kniete sich aufs Sofa; von da aus sah sie ein kleines Stück des Pools, in dem das Wasser von einem Ende zum andern schwappte und auf die Steinplatten spritzte. Schabende Geräusche waren zu hören. Mehrere Personen mussten am Becken sein und die Liegestühle aufgestellt haben. Una beruhigte sich nicht. Alissa kippte zurück auf ihre Fersen, den Blick wie hypnotisiert vom langsamen Drehen des Ventilators, dann richtete sie sich auf und ging zum Kühlschrank. Sie brauchte etwas Süßes, um sich wieder in Geduld üben zu können.

Richard stand auf der Schwelle. Alissa hatte sich jäh umgedreht, während sie weiter die Schlagsahnedose schüttelte; sie brauchte ein paar Sekunden, um im Gegenlicht Jims Gesicht zu erkennen. Sie weint, sagte Richard, ein breites verunsichertes Lächeln auf den Lippen, und wandte sich zum Schlafzimmer. Mit gesenktem Blick erwartete Alissa seine Reaktion auf die abgeschlossene Tür. Er zog nur eine fragende, verlegene Grimasse, sagte aber nichts, zweifellos aus Rücksicht auf Jim, der sich zwanglos vor den Computer gesetzt hatte.

Tut mir leid, dass wir so aufkreuzen, entschuldigte sich Jim, das war nicht geplant. Seine Stimme klang seltsam laut in ihrem Rücken. Alissa erwiderte, nein, im Gegenteil, es sei eine Abwechslung für sie. Er trug eine lange Hose und eine Jacke, die auf einer Seite einfach

leer zu sein schienen. Die Lust zur Provokation ist ihm
schnell vergangen, dachte sie, ohne dass sie etwas anderes empfand als eine leichte Verlegenheit Audrey und
ihm gegenüber. Ich will nur kurz eine Datei wiederher-
stellen, sagte er noch, als Richard mit der beruhigten
oder eher verstörten Una auf dem Arm erschien. Jim
machte viel Wirbel um diesen Auftritt. Der sehr herzli-
che, sehr sonore Klang seiner Stimme wirkte unerklär-
lich aufreizend, es war, als wollte er mit aller Gewalt Zu-
stimmung oder Unbekümmertheit provozieren. Alissa
tat so, als machte sie sich wieder ans Aufräumen, und
ging in die Küche, um nicht zuschauen zu müssen, wie
er die Kleine auf den Schoß nahm. Richard folgte ihr. Er
lehnte sich an den Kühlschrank und musterte sie so, wie
Ivan es zuvor getan hatte. Von Neuem erkannte sie, wie
sinnlos es geworden war, begehrenswert zu sein.

Du spinnst, sie einzuschließen, flüsterte er fassungslos und lächelnd, als könnte das so schlimm gar nicht
sein. Alissa ließ eine Zeit verstreichen und versetzte
dann, sie wolle nicht, dass er Leute mitbringe, ohne ihr
vorher Bescheid zu sagen, was bei ihm die gleiche amüsierte Verblüffung auslöste. Der vom Ventilator verur-
sachte warme Luftzug reizte die Augen, sie hatte einen
bitteren Geschmack im Mund, und ohne richtig zu
überlegen, setzte sie die Düse der Schlagsahnedose an
die Lippen und sprühte sich den Mund so voll, dass ihre
Backen sich aufbliesen. Richard lachte schallend, er
packte sie von hinten wie einen Sack und knetete lust-

voll ihre Taille. Deshalb wirst du also pummelig, spottete er, wieder beruhigt, aber warum machst du das eigentlich? Alissa schaffte es nicht, die Sahne zu schlucken, die sich mit ihren Tränen vermischte. Richard drehte sie zu sich um. Sie wehrte sich nicht, sie verbarg bloß ihr Gesicht und presste sich die Hände auf die Augen, um Scham und Verzweiflung zurückzudrängen.

Richard stand stumm und betroffen da, genauso wie Jim, der kam und ihnen Una brachte. Alissa atmete ganz flach, damit man ihr Schluchzen nicht hörte. Die süße Kühle der Schlagsahne in ihrem Mund war restlos zergangen. Ihre Hände verrieben die salzigen Tränen auf ihrem empfindlichen Gesicht. Richard hatte Una genommen. Ich wickle sie und bring dich nach Hause, hörte sie ihn Jim zurufen, der sich wieder vor den Computer gesetzt hatte. Das Klappern der Tasten quälte sie wie tausend Nadelstiche. Alissa wollte nur noch, dass er ging.

Man hörte Geschrei am Pool, und wieder polterten Schritte auf der Wendeltreppe, als Richard und Jim sich auf den Weg machten. Sie stießen auf Ivan, der sie mit einem deutlichen, unglaublich dreisten Auch noch da? grüßte. Alissa beugte sich vor, um ihre Reaktion zu sehen, aber sie hatten schon fast die Tür am Ende der Galerie erreicht, und Ivan, der sich mit einem Handtuch den Kopf frottierte, verschwand in seiner Wohnung. Es waren nur noch nasse Flecken übrig, die in der Hitze des Betons rasch trockneten. Alissa nahm einen großen Mundvoll Schlagsahne. Ihr wurde bewusst, dass es erst fünf Uhr war und dass Richard während ihrer Abwesenheit wahrscheinlich jeden Nachmittag seine Arbeit im Stich gelassen hatte.

Richard würde mindestens drei Viertelstunden hin und zurück brauchen. Alissa machte sich in der Küche zu schaffen, um nicht von Zweifeln überwältigt zu werden. Sie öffnete den Kühlschrank, entschlossen, das Abendessen zuzubereiten, und stieß in seinen Tiefen auf ein paar in Alufolie eingewickelte angekohlte Spareribs. Richard hatte also gegrillt. Diese so harmlose Entdeckung traf sie wie ein Schlag. Sie hatte von der Hintergründigkeit seines Wesens nie etwas mitbekommen oder geahnt. Dass er plötzlich Geheimnisse hatte, ließ sie andere, ernstere Veränderungen befürchten, auf die sie sich nicht vorbereitet fühlte. Sie hatten sich beide einer Jugendliebe überlassen, die ihnen Halt gab und die immer weitergegangen war, ohne Brüche und Fragen. Alissa wurde den unerträglichen Gedanken nicht mehr los, dass vielleicht auch Richard bereute, nun keine andere Wahl mehr zu haben. Ohne seine Hingabe an Una und an sie wäre alles nur ein sinnloser Irrtum. Die Tränen liefen unablässig auf ihr T-Shirt. Und als sie ein Glas Tomatensoße öffnen wollte, tat sie sich weh.

Das Treiben am Becken hatte aufgehört, und die plötzliche Stille zog Alissas Aufmerksamkeit auf sich. Sie kniete sich wieder aufs Sofa. Die Frau war wahrscheinlich im

Wasser geblieben. Alissa sah ihr gern zu: Ihre lässige Art zu genießen hatte etwas Beruhigendes. Zuerst gab es Wellen, dann erschien der undeutliche Schatten des schweren, aber erstaunlich geschmeidigen Körpers, der am Rand eine Wende ausführte, fast ohne das Wasser aufzuwirbeln, und in die andere Richtung und aus ihrem Blickfeld verschwand, um nicht wieder aufzutauchen.

Die mit großen Pfützen bedeckte Terrasse wirkte kühl und verlassen. Nur die Galerie des obersten Stockwerks war noch von der Sonne vergoldet. Alissa setzte sich, dem Raum zugewandt, die Arme um die angezogenen Knie geschlungen. Die neue Anordnung der Möbel machte die Wohnung größer, sodass es auf einmal schien, als sollte ihr Leben für länger hier verankert werden. Alissa hatte sich nicht getraut, ihren Vater – der nicht verstehen wollte, dass sie sich wünschte, er würde ihnen helfen – auf das Thema anzusprechen, und schließlich war ihr Abscheu vor diesem Ort verblasst. Die Idee, wieder Arbeit zu finden, beschäftigte sie noch, aber mehr wie eine Sorge. Obwohl sie immer eine begabte Studentin gewesen war, verspürte sie keinerlei Berechtigung, sich um eine Stelle zu bewerben. Ihre offensichtliche Unfähigkeit, mit der Geburt ihrer Tochter fertigzuwerden, hatte ihr alle Selbstsicherheit genommen.

Alissa wurde durch ein Hallo, das von der Treppe kam, aus ihren Gedanken gerissen. Sie stand auf und ging hinaus auf die Galerie. Durch die Zwischenräume der Stufen waren die Umrisse der Schwimmerin zu sehen. Das ist nicht zufällig Ihre?, fragte sie, indem sie sich, eine Damenuhr mit dunkelrotem Armband in der offenen Hand, hinabbeugte. Danke, ja, sie gehört meiner Mutter, sagte Alissa. Das stimmte, dennoch fühlte sie sich, als würde sie beim Stehlen erwischt, und wagte nicht zuzugreifen. Dann nehmen Sie sie doch, beharrte die Frau und hielt sie ihr unter die Nase, als hätte sie keine Zeit zu verlieren mit so einer Schlafmütze. Alissa nahm die Uhr und bedankte sich mit tonloser Stimme, der barsche Ton und die ungeduldige Geste hatten sie verletzt. Zu Füßen der Schwimmerin breitete sich ein dunkler Fleck aus. Sie lachte darüber, rieb sich etwas linkisch die Arme und wünschte einen schönen Abend. Alissa ließ die Tür offen stehen. Ihr Handy klingelte, aber sie konnte es lange nicht finden, so sehr fühlte sie sich vor den Kopf gestoßen vom Verhalten dieser Frau.

Tut mir leid, dass ich jetzt erst zurückrufe, legte Kathy gleich los, ohne sich zu melden. Sie habe im Prinzip schon alles, was man für Sonntag brauche, nur, fügte sie hinzu, bring uns doch das Schätzchen mit. In ihrer Stimme lag jene Spur von Aufgekratztheit, die die Gesellschaft eines Manns bei ihr auslöste. Unwillkürlich ließ Alissa sich davon anstecken. Sie stellte die Spareribs zum Aufwärmen in den Ofen und setzte sich wieder aufs Sofa, von wo aus sie auf die Galerie sehen konnte. Das Gefühl der Kränkung und die Verdrossenheit ließen nach, nur weil sie sich ein bisschen über ihre Stimmung hinwegmogelte. Sie berichtete vom Nachmittag mit ihrer Mut-

ter, erzählte, dass Jim vorbeigekommen sei. Die wieder-
gefundene Uhr, die sie am Handgelenk trug, schien die
geschilderten Vergnügen zu bestätigen. Und tatsächlich
hatte ihr neues Leben, zumindest wenn sie sich zuhörte,
etwas Bohemehaftes und Charmantes.

Alissa telefonierte noch, als Richard zurückkam, sie
war froh, seine Laune wittern zu können, bevor sie mit
ihm reden musste. Er war anscheinend noch einmal im
Geschäft gewesen, denn er warf schwungvoll, mit einer
Geste wie ein Sämann, einen Stapel DVDs auf den Tisch,
bevor er sich vor Müdigkeit oder vor Zufriedenheit woh-
lig streckte. Dann schaute er in den Backofen, setzte
Wasser auf und blieb am Herd stehen, die Stirn an die
Abzugshaube gelehnt. Alissa war aufgestanden, um Kathys Adresse zu notieren, die sie mit ungelenker Hand
hinkritzelte. Ihre ganze Aufmerksamkeit war jetzt wieder bei Richard. Sie stellte fest, dass er am Hinterkopf
einen Wirbel hatte, wie manchmal, wenn er aufstand,
nachdem er stundenlang ferngesehen hatte. Dieses ne-
bensächliche Detail machte sie hilflos.

Du warst noch einmal im Geschäft, sagte sie, als sie
das Telefon weglegte. Er wandte sich um, wobei sich sein
Bauch unter dem lockeren Hosenbund wie eine Schrau-
be zu drehen schien, und einen Augenblick lang hatte
Alissa das Gefühl, er sehe eine Idiotin oder eine Unbekannte vor sich. Sie hatte nicht geduscht nach dem Pool,
ihre Haut war stumpf vom Chlor und juckte. Und ihr
Gesichtsausdruck musste ziemlich jämmerlich sein,

denn Richard kam mit müde ausgebreiteten Armen auf sie zu und drückte sie mit einem erschöpften Seufzer an sich.

Du hast gegrillt, während wir im Krankenhaus waren, sagte sie mit einer kleinen Stimme, die um eine gnädige Antwort zu flehen schien. Gestern Abend, gab er zu, indem er liebevoll den Druck seiner Arme verstärkte. Nur Jim, ein Kumpel von ihm und mein Bruder waren da, Audrey wollte ausgehen, deswegen. Alissa antwortete nicht gleich. Zuerst musste sie verdauen, dass Audrey Freunde hatte, mit denen sie ausging ohne Jim. So lebten sie da draußen also alle, und sie blieb unendlich allein, allein mit Una, verbesserte sie sich mit einem Aufschluchzen ihres ganzen Körpers. Richard begann seine Umarmung zu lockern. Und wir sind viel zu spät ins Bett gekommen, fügte er kindlich lächelnd hinzu, leicht verlegen und doch froh, seine Müdigkeit gestehen zu können. Ach so, sagte sie nur, während er ihr Gesicht in beide Hände nahm, um ihr in die Augen zu schauen. Irgendetwas schielte an seinem Blick, und er hatte den trockenen Mund, den man vom Kiffen bekommt. Es war ihr unangenehm, sie wollte sich von ihm losmachen.

Seit ein paar Tagen bist du anders als sonst. Alissa hatte versucht, einen scherzhaften Ton anzuschlagen, und zuckte zusammen, als er sie anfuhr. Ach, hör doch auf, ich bin so normal wie noch was. Er ließ ihr Gesicht mit einer abrupten Bewegung los und legte den Kopf in den Nacken, als wartete er auf ein Echo. Bemüht, die Fassung zu bewahren, protestierte Alissa, nein, er sei anders als sonst. Richards Blick kehrte zu ihr zurück; sie war ganz rot geworden. Er stieß einen Seufzer aus und fuhr sich mit den Fingern in die Haare. Bitte, fang nicht an zu weinen. Er hatte es im Spaß gesagt, lächelnd, aber wie viel Mutlosigkeit lag in seinen Gesten und seiner Stimme! Una wachte auf, er musste lachen über die wimmernden Laute aus dem Schlafzimmer, schließlich ließ er sich auf einen Stuhl fallen und verbarg seinen Kopf in den Armen. Der komische Wirbel war immer noch da, bemerkte Alissa. Sie dachte ständig daran, dass Jim und er wahrscheinlich den ganzen Nachmittag miteinander verbracht hatten. Una weinte, und Alissa war froh, dass sie sich dem inzwischen zur Routine gewordenen Alltag widmen musste. Sie bereitete das Fläschchen, wärmte es an und öffnete behutsam die Tür zum dämmrigen Schlafzimmer, wo es wie durch Magie sofort still wurde.

Una lag zusammengekauert in einer Ecke ihres Betts. Alissa legte ihr die Hand auf den Bauch. Feuchte Wärme drang durch den Frotteestoff ihres Jäckchens. Alissa blieb so über sie gebeugt, spürte in ihrer Hand, wie sie atmete, versuchte die schmerzhafte Verkrampfung der aufgestauten Tränen zu lösen, sog diesen warmen Duft ein, der unweigerlich zärtliche Gefühle weckte.

Hast du Hunger, mein Liebling?, hörte sie sich fragen, und diese Zärtlichkeit richtete sich ebenso sehr an sie selbst. Una drehte ihren Kopf in alle Richtungen. Alissa nahm sie vorsichtig heraus – sie hatte die Empfindung, ein Päckchen flüssiges Blei hochzuheben – und legte sie an ihre Schulter.

Richard saß am Tisch, sein Kopf ruhte auf dem Arm, sein Fuß spielte mit einem einsamen Flipflop. Alissa berührte im Vorbeigehen seinen Nacken und setzte sich mit Una aufs Sofa. Er rieb sein Gesicht in den Armen, hob mühsam den Kopf, als erwachte er aus einer Betäubung, und brauchte lang, bis er sich ihrer Anwesenheit bewusst wurde und ihnen zulächelte. Sein verdutzter Blick fiel auf den Flipflop, bevor er rasch wieder aufschaute und ebenso plötzlich aufstand, um sich neben sie in die Polster fallen zu lassen. Entschuldige, ich bin kaputt, sagte er und blies ihr in den Nacken. Es war sehr merkwürdig, diese drei Tage plötzlich ohne euch beide zu sein, fügte er nachdenklich hinzu. Alissa sagte nichts. Sie war überzeugt, er fand, es war besser.

Sie aßen am Tisch zu Abend, wie es seit ihrem Einzug wohl höchstens zweimal vorgekommen war. Durch die offen stehende Tür drang ein Lichtstrahl von einem benachbarten Fenster herein. Richard, ganz krumm auf einen Ellbogen gestützt, sah während des Essens fern. Er wirkte fix und fertig, geistesabwesend. Alissa wusste nicht, wie sie ihm sagen sollte, sie ahne, dass er all seine Zeit mit Jim verbringe, und sich deswegen Sorgen mache. Doch er drehte plötzlich lauschend den Kopf und sprang auf, um die Tür zu schließen. Ich dachte, da wäre wieder dieser Typ auf der Galerie, entschuldigte er sich, als er an den Tisch zurückkehrte. Alissa schaute auf ihren Teller, sein schroffes Verhalten hatte ihr Angst gemacht, und sie fühlte sich unbehaglich.

Richard starrte noch einen Moment lang zur Tür, dann aß er weiter. Ich mag diesen Kerl nicht, gestern Abend hat er Jim angemacht, das war ätzend. Alissa kaute endlos denselben Bissen Fleisch, der bitter und verbrannt schmeckte. Findest du es normal, dass Jim angemacht wird?, fragte er mit hartem Spott, da sie nicht reagierte. Alissa sah ihn an, ohne sprechen zu können. Das Fleisch war in ihrem Mund zu einem Pappmascheekloß geworden; sie stand auf, um es in den Mülleimer zu spucken. Richard drehte sich auf seinem Stuhl um und folgte ihr mit dem Blick. Im nackten Licht der Glühbirnen verliehen ihm die riesigen Augenschatten einen scheinbar naiven Ausdruck, und Alissa fühlte sich verraten. Was hast du eigentlich, dass du die ganze Zeit von Jim redest? Richard sah sie perplex an und lachte dann traurig, über die Absurdität dieses Abends, wahrscheinlich. Ich habe gar nichts, ich glaube nur, dass er es nicht nötig hat, sich anmachen zu lassen, oder irre ich mich? Und da sie zwischen der Küchenzeile und dem Tisch stehen blieb, beugte er sich vor, um sie an der Hand zu fassen und zu sich herzuziehen.

Weißt du, was ich glaube? Du beneidest Jim, sagte sie leise, während er seine Wange an ihren Bauch schmiegte wie in ein Kopfkissen. Du spinnst doch, hörte sie ihn erwidern, mit einer Entrüstung, die aus tiefster Seele zu kommen schien. Doch sie wusste, dass sie recht hatte, wenn sie glaubte, dass er sich nach einem Leben sehnte, das man riskierte, das man blindlings der Wüste aussetzte, das man auf Minen schmiss, das in Angst und Hass versetzte, eine Sehnsucht, die nun wegen ihrer Heirat und Unas Geburt nicht mehr gestillt werden konnte.

Richard war als Erster schlafen gegangen. Das kam selten vor. Die Stille um Alissa war noch größer als tagsüber, aber sie war weniger bedrückend. Sie räumte die Teller und das Fläschchen weg, das noch am Fuß des Sofas stand. Ihre Aufmerksamkeit richtete sich einen Moment lang auf die Galerie, von der Treppe her fiel schwaches Licht ins Zimmer. Ein leichter Wind wehte, bewegte die Blätter und ließ die dunkle Stimme der Bambuswindspiele erklingen. Ein Glutpunkt schimmerte in dem schwärzeren Schatten, den Ivans Gestalt am Geländer warf. Alissa versuchte, wieder die prickelnde Erregung zu spüren, die sie ein paar Tage elektrisiert hatte. Doch ihr kam nur die etwas bittere Erinnerung an ihr Gespräch in seiner Wohnung.

Richard rief nach ihr. Nachdem sie sich die Zähne geputzt hatte, ging auch sie ins Schlafzimmer und verweilte noch einen Augenblick über dem Bettchen, in dem Una jetzt ganz lautlos schlief. Die Laken waren warm, sie schlüpfte hinein, nackt unter ihrem langen T-Shirt, das ihr auf die Hüften hochrutschte. Richards Hand fand sofort zwischen ihre Schenkel, und Alissa überließ sich der sonderbar sinnlichen Traurigkeit, die sie einhüllte.

Er rollte auf die Seite und drang in sie ein wie ein Schlafwandler. Mit seinem trockenen Mund hatte er Mühe, die üblichen Worte der Begierde und Zärtlichkeit auszusprechen. Sein struppiger Kopf hatte sich in die Wärme ihres Halses gebettet, seine Arme umschlangen sie mit unendlicher Müdigkeit. Alissa spürte sein Glied, wie sie es schon sehr lange nicht mehr gespürt hatte. Er kam rasch und mit einem Erschauern des ganzen Körpers, das seine Müdigkeit nicht hätte vermuten lassen. Entschuldige, stammelte er noch, indem er ihr gähnend das Handgelenk drückte. Alissa fühlte die Kälte der Klimaanlage auf ihrem beklecksten Hintern. Sie zog das Laken hoch, blieb dann reglos liegen und versuchte, durch die Gitterstäbe des Bettchens hindurch Una zu erspähen. Ihr Schweigen schien kaum auf dem Zimmer zu lasten. Alissa konnte es noch nicht fassen, wie sehr Una jetzt für immer Teil ihres Lebens war. Es bewegte sie, und doch konnte sie nicht anders, als sie zu verfluchen und sich für sie zu quälen, weil ihre Geburt möglicherweise auf einem großen Missverständnis beruhte.

IX

Richard tastete unter dem Laken nach ihrem Schenkel und bat sie, die Jalousie herunterzulassen. Die Wörter schienen sich nur mühsam von seiner schweren Zunge zu lösen. Sie hatten am Abend zuvor bei seinem Bruder und dessen Freundin gegessen und in der Nacht war ihm schlecht gewesen. Es war sieben Uhr. Zum ersten Mal seit der Geburt stand Alissa vor ihm auf. Gerührt sah sie, wie Una ein wenig verwirrt aus dem langen Schlaf auftauchte. Ihre Wimpern waren nass von Tränen, von denen sie nichts gemerkt hatten. Alissa küsste sie entschuldigend auf die leicht feuchten, spärlichen Haare und ging mit ihr aus dem Zimmer. Die Kleine gluckste, während sie sich aus der Windel schälen ließ. Sie schaute zum Fenster und zappelte mit allen Gliedern gegen Alissas Handgriffe an. Sie schien schon eigene Absichten zu haben.

Nun war es fast elf, Richard schlief immer noch. Alissa hatte aufgeräumt und eine Schüssel mit Melonenstücken vorbereitet, die gleich von kleinen Mücken umringt waren. Ihr Vater sollte zum ersten Mal seit dem Einzug vorbeikommen. Sie wusste, dass es für ihre eigene Moral wichtig war, dass er nicht den Verdacht hatte, sie lasse sich gehen.

Für diesen 4. Juli war herrliches Wetter angekündigt. Von der sonnenbeschienenen Wolldecke stieg ein warmer Geruch auf. Schon seit einer Stunde dröhnten die Treppenstufen unablässig unter dem Kommen und Gehen von Kindern, die zu Besuch waren, schmächtige Gören in zu großen Shorts. Und hin und wieder traf sie der Lichtreflex einer Uhr oder eines Spiegels, der vom Pool kam. Alissa stellte den Fernseher an, um von diesen kleinen Aggressionen von draußen abgelenkt zu werden, bis ihr Vater kam. Ivan hatte unten sein Feuerzeug geholt, das ihm von der Galerie gefallen war, ohne einen Blick zu ihr hinaufzuwerfen. Schon am Tag zuvor, als Audrey hier den Nachmittag mit ihr verbracht hatte, war Alissa aufgefallen, dass er es offenbar vermied, sie in die Verlegenheit zu bringen, mit ihm sprechen zu müssen. Eigentlich war es auch ihr lieber, ihm nicht zu begegnen, selbst wenn ihr Herz sich merkwürdig leer anfühlte seit ihrem enttäuschenden kurzen Beisammensein.

Da er den Haupteingang nicht gefunden hatte, kam ihr Vater von der Poolterrasse her. Er grüßte die Kinder und schlängelte sich durch die mit Badetüchern bedeckten Liegestühle, auf die sich schon der Geruch von brennender Holzkohle legte. Alissa beugte sich über die Treppe und sah irritiert, dass unter seiner schönen silbernen Mähne die Kopfhaut hervorzuschimmern begann. Er hatte eine Plastikgiraffe für Una und Blumen für seine *schöne Tochter* mitgebracht. Seine Hand hielt ihren Nacken fest und ließ ihn die ganze Zeit nicht los, während er sie auf die Stirn küsste. Alissa hatte diese alte besitzergreifende Liebe schon so lange vermissen müssen. Sie so plötzlich wiederzuentdecken, ließ sie vor Freude fast erröten.

Ihr Vater drückte ein letztes Mal ihren Nacken, dann nahm er sie an der Hand, um über die Türschwelle zu treten. Alissa merkte, dass er sich leicht bückte, als hätte auch er das Gefühl, in einen Tunnel einzutauchen. Der Ventilator drehte sich dicht über seinem Kopf. Er wirkte größer als in der Denslow Avenue, wo die Decken hoch waren, größer als in ihrer Kindheit, dachte Alissa und fand sich selbst lächerlich. Er war wieder zu Atem gekommen und ließ ihre Hand los, um mit geradem Rücken, die Fäuste in die Hüften gestemmt, gründlich den Raum zu betrachten.

Ihr habt es schön hier, sagte er und drehte sich zu ihr um, als brauchte er eine Genehmigung, um fortzufahren. Es ist gut eingerichtet, es sieht geräumiger aus als in meiner Erinnerung. Sein Blick verweilte kurz auf der Babyschale, die neben der zerknitterten Wolldecke auf dem Sofa stand. Die kleine Familie lässt es sich gut gehen, soviel ich sehe, sagte er mit einem zufriedenen Besitzerlächeln. Alissa ließ ihre Haare los, die sie sich auf der Schulter um den Finger gewickelt hatte. Es verwirrte sie, dass er bei ihr war. Für einen Vater wie den ihren war es ein fast zu begrenzter Ort.

Der ärgerliche Lichtreflex hatte wieder begonnen, über die Decke zu tanzen. Ihr Vater sah aus dem Fenster, das zur Treppe hin ging, und warf dann einen Blick aus dem anderen Fenster, von dem man auf den Durchgang hinter der Palisadenwand schaute. Alissa dachte, er versuche herauszufinden, wo Richard sich herumtrieb. Sie stellte die Blumen ins Wasser und tischte die Schüssel mit den Melonenstücken auf. Ihr Vater hatte sich im Schaukelstuhl niedergelassen, mit dem er nach vorn wippte, um Una zuzuzwinkern, worauf er sich wieder zurücklehnte und seine Tochter anlächelte. Das Glück, sie zu sehen, hielt an. Er war schön in seiner Zufriedenheit und ein wenig abwesend.

Weißt du, dass deine Mutter das Wochenende in Hawaii verbringt?, fragte er mit der spöttischen Miene des Genesenden. Alissa war informiert. Sie wusste auch, dass er gerade von einem Trip nach Mexiko zurückgekommen war, und fragte sich, ob er darüber reden würde. Doch er war wegen etwas anderem da. Alissa hatte gleich so ein Gefühl gehabt, als er sie am Morgen angerufen hatte – er war gekommen, um ihr mitzuteilen, dass er das Haus verkaufen wollte. Nun war es gesagt und er war sichtlich froh, dass er endlich Klarheit geschaffen hatte. Alissa erwiderte, sie habe es geahnt. Sie konnte noch so sehr ihr Herz abtasten, sie fand nur geschlossene Wunden. Vor genau drei Wochen waren sie hier eingezogen, und die Denslow Avenue schien zu einer weit hinter ihr liegenden Welt zu gehören, die unwiederbringlich war.

Du sagst gar nichts. Lächelnd öffnete und schloss er seine Hände auf den Armlehnen. Um die in sie gesetzten Glückshoffnungen nicht zu enttäuschen, sagte Alissa darauf, so leichthin sie konnte, sie sei jetzt jedenfalls hier zu Hause. Und auch dieser Satz hatte geklungen wie eine alte Wahrheit, die weder besondere Empörung noch Panik hervorrief. Ihr Vater streckte den Arm aus, um sich ein Stück Melone zu angeln. Deine Mutter und ich werden uns die Summe teilen, erklärte er etwas zu laut. So gibt es keinen Streit.

Richard war aus dem Schlafzimmer gekommen. Er kratzte sich am Kopf und sagte, hallo, ist es schon so spät? Der sprießende Bart ließ seinen Teint rau und rostig aussehen. An der Schläfe hatte das Laken eine lange Knitterfalte hinterlassen, und seine Augen waren verklebt. Alissa hielt überrascht inne, die Hände flach auf den Schenkeln, wie um ein Zittern zu unterdrücken: Sie hatte, halb versteckt unter dem Gummi seiner Unterhose, eine kleine, noch blutverkrustete Tätowierung entdeckt.

Was ist denn das?, wunderte sich ihr Vater noch vor ihr. Richard breitete die Arme aus und blickte mit einer etwas albernen Unschuldsmiene um sich. Das haben wir neulich zusammen gemacht, meine Kumpels und ich, erklärte er und räusperte sich. Alle haben das gleiche. Diesmal hatte der Satz sehr bestimmt geklungen. Er zog sogar an der Hose, damit sie das Tattoo ganz sehen konnten. Es war ein kleiner Adlerkopf, von dem Tränen oder Blut tropften. Alissa hatte noch nichts gesagt, sie versuchte nur, sich über ihre Gefühle klar zu werden. Ihr Vater verzog das Gesicht, versagte sich vor allem die Frage, was das Symbol bedeute. Wahrscheinlich wollte er eine nutzlose politische Diskussion vermeiden. Doch es war jetzt gar nicht mehr so sicher, dass Richard und er besonders unterschiedliche Meinungen hatten. Eigentlich, dachte Alissa, war für sie in Bezug auf Richard gar nichts mehr sicher.

Ihr Vater war zum Essen bei Freunden eingeladen, und sie wurden abends auf dem Fest von Kathy erwartet. Die Verabredungen schienen zu drängen und verhinderten, dass sich in der Zeit, die ihnen blieb, eine entspannte Atmosphäre einstellte. Trotzdem führte Alissa ihren Vater durch die Wohnanlage. Er nutzte die Gelegenheit, um ein paarmal an einer Zigarre zu ziehen, so weit von den ins Wasser springenden Kindern entfernt wie möglich. Alissa hatte die Schwimmerin den ganzen Tag nicht gesehen, und Ivan musste ausgegangen sein. Sie war immer noch neu hier, aber zwischen diesen Wochenendfamilien fühlte sie sich dazugehöriger und besser angenommen. Ihr Vater, ein Auge wegen des Zigarrenqualms zugekniffen, streichelte ihr mit dem Handrücken über den Arm, während er einen diskreten Liebhaberblick an ihrem Kleidchen hinabgleiten ließ. Du siehst strahlend aus, meine Tochter, lächelte er und streifte die Asche ab. Alissa lächelte zurück. Es war absolut nicht das, was sie hören wollte, und dennoch tat ihr die Nettigkeit gut. Seltsamerweise hätte sie gewünscht, er interessierte sich für Una, obwohl sie ja gerade eifersüchtig war, weil Una seit der Geburt alle Aufmerksamkeit auf sich zog.

Als sie sich zur Treppe wandten, fasste ihr Vater sie fest im Nacken und entschuldigte sich, dass er vorangehe. Dein Kleid ist so kurz, scherzte er mürrisch. Alissa zwang sich zu lachen und zuckte mit den Schultern. Sie wollte auch nicht die Hose um seinen bald sechzigjährigen Hintern schlottern sehen müssen oder sich vorstellen, dass eine andere Frau ihn auszog, eine Zahnärztin, nach dem, was ihre Mutter ihr verraten hatte, und zwei Jahre älter als er, glaubst du das, hatte sie noch hinzugefügt.

Ein plötzlicher Gedanke oder eine Sorge ließ ihn vor der letzten Treppenstufe innehalten und sich umdrehen. Dein Mann ist mitten in der Pubertät, wenn ich mich nicht täusche. Er hatte sich bemüht, kein zu ernstes Gesicht zu machen, doch in seinem Blick war etwas äußerst Hartes, etwas von dem unnachgiebigen Mann, der er ja war, aber dessen Ausfälle Alissa immer erspart geblieben waren. Sie begnügte sich mit einem Lachen, und er sah ihr eine Sekunde in die Augen, bevor er sich mit dieser Antwort zufriedengab. Die letzte Stufe schien ihn große Anstrengung zu kosten, dann trat er mit gesenktem Kopf in den Schatten der Wohnung. Ein wenig gerührt dachte Alissa, Richard würde es wohl bereuen, wenn er auf die Idee käme, sie fallen zu lassen.

Das angekündigte schöne Wetter begann mit tausend Lichtstrahlen ins Wohnzimmer zu fluten. Richard hatte geduscht und sich rasiert, war aber immer noch in der Unterhose. Er benetzte mit seinen tropfnassen Haaren das Sofa und schaute mit stierem Blick die Nachrichten an. Die fast nackte Una hielt er an seinen Oberkörper gepresst, wie in einem Kuss von Haut zu Haut. Das Handtuch lag auf dem Boden, und der zweite Flipflop war unter dem Sofa aufgetaucht. Alissa sah, wie ihr Vater sich bückte, um das Handtuch aufzuheben. Ihr lebt wie Hippies, ulkte er und kehrte auf seinen Platz im Schaukelstuhl zurück, diesmal mit der Ungezwungenheit dessen, der wieder den Wunsch verspürt, sich Zeit zu nehmen, und sein Vergnügen daran hat. Während Alissa den Salat und die Steaks zubereitete, versuchte sie, den kurzen Kommentaren der beiden vor den Nachrichten zu lauschen. Es war schwierig, irgendetwas über Richard daraus zu schließen. Im Übrigen war sie gar nicht so sicher, ob sie wissen wollte, was ihm seit einiger Zeit durch den Kopf ging.

Richard hatte vorgeschlagen, sie sollten mit zwei Autos zu Kathy fahren, falls einer von ihnen länger bleiben wollte. Alissa brach als Erste gegen sechs Uhr auf. Ihr Vater hatte sich am Nachmittag verabschiedet. Was seine neue Beziehung anging, war er mehr als diskret gewesen, obwohl sie ihn doch mit unerklärlicher Selbstgefälligkeit erfüllte. Alissa hatte Geständnisse befürchtet, als sie ihn zum Wagen begleitete, aber er hatte sie nur fest in die Arme genommen und geflüstert, er wolle sie nie weniger strahlend sehen als heute. Der Satz war banal, doch Alissa hatte eine Drohung darin gespürt, eine Drohung, die Richard galt. Sie musste ständig daran denken.

Kathy wohnte jetzt auf den Höhen von Echo Park, in einer Straße, die unter hundertjährigen Kiefern den Hügel emporkletterte. Alissa hatte eine Weile gebraucht, bis sie hinfand, Richards Auto war schon da, als sie ankam. Es gab anscheinend mehrere Partys in der Straße, denn sie musste ziemlich weit entfernt parken. Die Außenlampen der Häuser, die sich anschalteten, wenn sie vorbeiging, schimmerten durchs Gebüsch. Una zeigte den verwirrten, erschreckten Gesichtsausdruck, den sie immer hatte, wenn sie aus dem Schlaf gerissen wurde. Alissa küsste sie auf den Kopf, um sie zu beruhigen. Sie fühlte sich schuldig, weil sie sie mit sich herumschleppte, und spürte immer mehr Abstand zu dem aufgeregten Treiben, das aus der Ferne zu ihr drang.

Kathy war erst vor wenigen Monaten hier eingezogen. Alissa war noch nie da gewesen. Sie beneidete sie sofort um das Haus, fast eine rohe Holzhütte, das mit seinem von zwei Pfeilern gestützten Balkon ins Freie ragte. Man erreichte es auf einem schmalen von Büschen bedrängten Pfad, über dem eine wogende Girlande roter Lampions und flatternder Bänder den Weg wies. Alissa stieg hinunter, vorwärtsgezogen von Unas Gewicht. Sie hörte Kathys Stimme irgendwo in der Tiefe des dicht bewachsenen Grundstücks, das sich den Hang hinabzog. Vor ihr, etwas weiter unten, beleuchteten die Flammen eines Grillfeuers unbekannte Gesichter.

Audrey war im roten Dämmerlicht der Lampions aufgetaucht, oben an der kleinen Treppe, die zur Balkonebene hinaufführte. Sie hatte gedacht, Alissa verbringe den Tag mit ihrem Vater; ihr überraschtes Entzücken, als sie Una entdeckte, war von entwaffnender Ehrlichkeit. Mit dem sehr kurzen Haarschnitt, den sie sich nach dem Nachmittag bei ihnen noch hatte machen lassen, sah sie nicht mehr so brav aus. Sie verhielt sich eigentlich so unbefangen wie jemand, der glücklich ist. Alissa nahm ihr die Salatschüssel und die Weinflasche ab, die sie hinunterbringen sollte, und ließ sich von der Babytrage befreien. Die Kleine strampelte, ohne sich zu beklagen. Ein Söckchen war zu Boden gefallen, Alissa steckte es in die Tasche und sah ein wenig verdutzt, wie Audrey unten allen Gästen ihre Tochter vorstellte.

Kathy winkte ihr, zum Grill zu kommen, um den sich die größte Gruppe drängte. Sie war wieder blond. Sie trug einen schmalen, erstaunlich strengen, ihren hageren Körper betonenden Rock; Alissa hatte noch nie bemerkt, wie gut sie dennoch gebaut war. Ein beleibter, sehr väterlich wirkender Mann hatte den Arm um sie gelegt. Er reichte Alissa seine freie Hand und gratulierte ihr zu der Kleinen. Sie bedankte sich lächelnd. Der Rauch zog ihr in die Augen. Sie hatte den Eindruck, niemand zu kennen. Richard war nicht zu sehen.

Vor ihnen ging die Sonne unter, eine enorme Masse, die mit dem Ozean aus rotem Magma verschmolz, und der Dschungel der Büsche in den Tiefen des Gartens füllte sich nach und nach mit Dunkelheit. Es sah aus, als klaffte ein Graben zwischen ihnen und dem Rest der wuchernden Stadt, die ein immer dichteres Netz von Straßen und Häusern bildete, bis zu den Türmen der Downtown und weit darüber hinaus. Alissa war stehen geblieben, um dieses fantastische Schauspiel zu betrachten. Ihrem Rücken und ihrem Bauch fehlte Unas Gewicht. Niemand schien sie bemerkt zu haben, und Richard hatte nicht nach ihr gesucht. Doch Kathy kam mit einem Glas Punsch zu ihr. Alissa sehnte sich nach der Zeit zurück, als sie noch glauben durften, sie seien wirklich Freundinnen.

Du warst noch nie hier, stimmts?, erinnerte sich Kathy. Dann musst du nach oben gehen. Alissa folgte ihr auf die schmale Treppe an der Seite des Hauses; sie kannte sie kaum wieder mit ihren Sandalen und dem engen Rock, der ihren Gang affektiert wirken ließ. Das verandaartige Wohnzimmer schwebte über der Stadt, die sich wie ein Sternenhimmel ausdehnte. Es gab ein etwas durchgesessenes rotes Sofa, einen niedrigen Tisch, zwei große Bilder, die keine entsprechenden Wände gefunden hatten, und einen gläsernen Eckschreibtisch, an dem Jim und ein paar andere saßen, darunter auch Richard. Er warf ihr mit zusammengekniffenen Augen eine Kusshand zu. Eine Kohlespur an seinem Kinn sah aus wie ein blauer Fleck. Alissa bemerkte, dass er schon gekifft hatte.

Kathy bedeutete ihnen, nicht auf sie zu achten, und zog Alissa in ihr Zimmer. Das Bett füllte den ganzen Raum aus wie ein großer Eisbär, auf dem Kleider lagen. Alissa warf einen Blick ins Bad und sagte, sie finde das Haus prima. In Wirklichkeit hatte sie noch die Bilder des Videos im Kopf, die sie auf dem Computer im Wohnzimmer erspäht hatte. Darin küsste ein sehr molliges Mädchen einen jungen Mann auf den Mund, von dem man nur eine dicke, perspektivisch verzerrte, rot glänzende Wange sah. Es war harmlos, doch Alissa hatte eine große Kälte in sich gespürt. Als sie Kathy in die Küche folgte und wieder auf den Bildschirm blickte, posierte das aus etwas größerer Entfernung gefilmte Paar so, dass der mit einer Art Socken überzogene Armstumpf, den der Typ um die Schultern des Mädchens gelegt hatte, gut sichtbar war. Alissa hörte nicht mehr, was Kathy sagte, und brauchte eine Zeit, bis sie Marcella erkannte, die dabei war, Pizza in kleine Quadrate zu schneiden. Na so was, Alissa, sagte sie und wischte sich mit ihrer unendlich verführerischen, schüchternen Grazie über die Stirn. Sie hatte ein rückenfreies Kleid aus einfachem gelbem Baumwollstoff an, das ihre Figur betonte, sie war strahlend schön. Alissa erbot sich, eine der Platten zu tragen.

Sie fand ihren Platz nicht, die Traurigkeit überwältigte sie, ohne dass sie sich dagegen wehren konnte. Es war dunkel geworden, und die ersten Feuerwerksraketen zischten durch das Stück Himmel, auf das sich das Fenster öffnete. Es wird großartig sein von hier aus, sagte sich Alissa mit Tränen in den Augen, bevor sie befand, sie stehe ja nur im Weg und gehe besser hinunter.

Richard hielt sie im Vorbeigehen im Nacken fest, runzelte aber fast streng die Stirn, als sie ihn leise aufforderte, mit ihr wieder nach draußen zu gehen. Sie blieb betreten zurück, ihr leerer Kopf dröhnte vom Stimmengewirr. Kathy in der Küche gab am Telefon jemandem Anweisungen, der sich verfahren haben musste. Alissa ging schließlich hinaus, schloss die Tür hinter sich und stand ganz allein in der vom nahen Park erfrischten Nacht. Die Lampions gaben kaum Licht, sie musste sich mit einer Hand an der Wand halten, um nicht die Treppe hinunterzustürzen. Una, immer noch bei Audrey, hatte sich bislang nicht bemerkbar gemacht. Niemand braucht mich, sagte sie laut zu sich selbst, mit einer Stimme, die seltsam gleichgültig klang.

Audrey erholte sich von Unas Gewicht auf einer Gartenbank an der Hauswand unter dem Balkon. Sie bat Alissa, ihr ein Glas mitzubringen, dann stellte sie ihr eine schwangere Freundin und deren Mann vor, die neben ihr saßen, und bestand darauf, ihr ihren Platz zu überlassen. Una war ganz wach. Alissa suchte vergeblich ihren Blick, der sich in ruheloser Neugier von allem faszinieren ließ. Es gefällt ihr offenbar bei dir, sagte sie brennend eifersüchtig und gleichzeitig bedrückt. Audrey entschuldigte sich, dass sie sie so in Beschlag nehme, bettelte jedoch, ihre Wange an Unas Köpfchen schmiegend, Alissa möge sie ihr noch lassen. Jim und ich versuchen es, erklärte sie nach einer Pause und fügte hinzu, wir werden sehen. Es klang wie: wenn Gott will. Alissa legte die Hände auf die raue Bank, von der die Farbe abblätterte. Sie hatte keine Lust, das zu hören. Es regte sie auf, dass Audrey das fertigbrachte, dass sie nicht zweifelte und sich nicht auflehnte, sie fühlte sich grausam und elend.

Richard suchte sie. Seine Silhouette bewegte sich am Rand der Dunkelheit wie auf einem Seil bis zu ihnen. Der Alkohol entstellte sein charmantes Lächeln ein wenig. Alissa drückte sich an Audrey, um ihm Platz zu machen. Würde dich das nicht reizen, in so einem Häuschen zu wohnen?, flüsterte er ihr ins Ohr, aber ohne sich auch nur eine Sekunde zu fragen, ob es mit Una und auch finanziell zu machen wäre. Alissa beugte sich zum Brotkorb vor, der von Hand zu Hand ging, um nicht antworten zu müssen. Sie hatte das Gefühl, dass er sich nur noch von fern für ihre Ehe interessierte, wie für etwas Zweitrangiges. Er hatte seinen Arm um ihre Schultern gelegt und streichelte bei der Gelegenheit mit den Fingerspitzen ein bisschen Una, an die er sich endlich, zu seiner Freude, wieder erinnerte. Sein Lächeln roch nach Rauch und Wein. Seine Küsse, die beruhigend sein wollten, waren weder angenehm noch wirklich konzentriert. Alissa hätte beinahe etwas gesagt, aber sie hütete sich, ihn zu reizen. In der Nachbarschaft wurden immer mehr Raketen gezündet. Richard begrüßte sie mit angespannten Olé-Rufen, die ihr auf die Nerven gingen. Sie hatte nicht gleich gesehen, dass Jim zu ihnen gekommen war. Er lehnte sich an den Pfeiler neben Audrey, und seine gesunde Hand versicherte sie diskret seiner Anwesenheit, seiner Zärtlichkeit. Alissa fragte ihn, ob er sich setzen wolle, doch er schüttelte den Kopf und lächelte vor sich hin. In der Dunkelheit schien es, als hielte sich sein Körper fast normal im Gleichgewicht, er war viel gelassener als zwei Tage zuvor, man spürte zwischen Audrey und ihm eine ruhige Wiederannäherung. Nur Richard war an diesem Abend sonderbar, und es wurde für Alissa so peinvoll, dass sie erleichtert war, als er Kathys Freund am Grill ablösen wollte.

Die Knallerei hinterließ dicke weiße Rauchschwaden, als schwelte unter den Zweigen des Hügels ein Feuer. Jedes Mal, wenn eine Rakete gezündet wurde, erhob sich Vogelgekreisch im Gebüsch, und jemand schrie plötzlich, ein aufgescheuchtes Reh sei auf der Straße, mitten zwischen den parkenden Autos. Alles strebte dem Park zu, Alissa folgte mit Audrey, die vorsichtig die einschlafende Una trug. Es hatte etwas Unwirkliches, unter den nur von Farbexplosionen erleuchteten Bäumen zu gehen. Alissa wartete, bis die anderen sich ein Stück entfernt hatten, um die Rede auf Richard zu bringen, und auch Audrey schien eine Frage zu haben, doch Marcella, die sich verirrt hatte, stieß zu ihnen. So kehrten sie alle drei schweigend um und sogen, um sich gelassen zu geben, die seltsamen Düfte von Schwefel und Holz ein. Audrey strahlte eine Sicherheit aus, die Alissa irritierte.

Eine kleine Gruppe war beim Grill geblieben. Marcellas Rückkehr löste beifälliges Geraune aus, das diese nicht so gern hörte, auch wenn sich Lachgrübchen auf ihren Wangen zeigten. Alissa kämpfte immer vergeblicher gegen absurde Tränen, die ihr in die Augen schossen. Sie hatte sich etwas vom Grill genommen, auf das sie gar keine Lust hatte, und setzte sich wieder zu Audrey unter den Balkon, wo die schwangere Freundin auf sie gewartet zu haben schien. Kathy lag etwas weiter unten im Gras. Sie hatte inzwischen ihre üblichen Flipflops angezogen, die mit dem engen Rock eine merkwürdige Kombination bildeten. Die Liebe gab ihr ein fröhlich exhibitionistisches Selbstvertrauen. Langsamer als nötig löste sie sich von den Küssen ihres Freundes und kam dann zu ihnen.

Es soll einen schönen Mann in deiner Wohnanlage geben, sagte sie mit Unschuldsmiene, als sie die Gläser füllte. Alissa sah, dass Audrey den Blick senkte. Es war wie ein kleines Komplott, auf das sie nicht vorbereitet war, aber es gelang ihr trotzdem zu scherzen, sie sollten sich eigentlich nicht mehr nach Männern umschauen. Kathy zeigte ihre ringlosen Hände vor und brüstete sich, sie habe noch alles Recht dazu, wobei ihr Ton zu verstehen gab, dass sie es vielleicht endlich verlieren, sich aber Bedenkzeit geben werde.

Auf dem Balkon direkt über ihren Köpfen waren Schritte zu vernehmen. Alissa hörte deutlich Richard, der wieder mit den anderen am Computer sein musste. Was schauen sie sich denn da an? Ihre Stimme verriet eine Nervosität, die ihr nicht ganz bewusst war. Audrey, die gerade Unas Mützchen zurechtzog, blickte verlegen und angstvoll auf. Ach, weißt du, es geht um ihr Netzprojekt. Sie schien sich entschuldigen zu wollen, dass sie schon wusste, was Alissa nicht für möglich gehalten hatte: dass Richard wirklich im Begriff war, alles aufzugeben, um etwas mit Jim anzufangen. Alissa schloss die Augen. Audreys Antwort hatte sie wie ein Faustschlag getroffen, und in dem Moment erleuchteten neue Raketen ihre Gesichter. Sie bemühte sich zu lachen und sagte, es habe eher nach Sexfilm ausgesehen. Audrey musste auch lachen über den Irrtum. Aber ich kann nicht beschwören, dass sie keinen gucken, fügte sie amüsiert hinzu. Alle Männer gucken Sexfilme. Kathy pflichtete ihr mit zerstreuter Miene bei, während sie sich streckte, bis sie mit den Fingerspitzen den Balkon berührte. Alissa war rot geworden, sie fand sich so unfassbar dämlich und unglücklich. Audrey musterte sie neugierig. Das kann ich ihm ruhig lassen, er wird sich sicher nicht mit anderen Frauen treffen, bemerkte sie nach einer Weile. In ihrem Blick, der sich in der Erinnerung an ihr Drama verlor, zitterten winzige Lichter aus der Tiefe der Nacht.

Alissa beneidete sie um ihre Großzügigkeit. Auch sie hätte bestimmt hellsichtig und gut sein können, wenn man sie nicht so betrogen hätte. Sie hasste sich, sie hasste die falschen Gewissheiten, auf die ihre Mutter sie ihr Leben hatte gründen lassen, sie hasste Richards verliebten und verlogenen Charme, und sie hasste ihren eigenen naiven Glauben an eine exklusive Liebe für immer.

Audrey blieb stumm, ihr Kinn berührte in einer hypnotisierenden Liebkosung Unas Mützchen. Ihr kurzer Haarschnitt gab einen schlanken Hals frei, an dem Alissa ein kleines Kreuz hängen sah. Die Schwangere und ihr Mann waren gegangen, und als Kathy sich ihrerseits entfernt hatte, wandte sich Audrey wieder Alissa zu, diesmal aber mit einem intriganten Schimmer in den Augen. Du hast doch was mit dem Typen neben euch, oder? Das kam so unerwartet und offenbar mit Bedacht, dass Alissa nicht einmal etwas Ehrliches einfiel, um sie über ihren Irrtum aufzuklären. Sie sah noch vor sich, wie Audrey bei Kathys Anspielung den Blick gesenkt hatte, und fragte sich, wem Richard sonst noch vom Auseinanderbrechen ihrer Ehe erzählt haben mochte. Und wenn er von seinem Verdacht so rasch überzeugt war, zu welchen Freiheiten glaubte er sich dann dafür berechtigt? Die Dinge zerfielen auf so unvorhergesehene und beleidigende Weise, dass sie gewünscht hätte, alles bliebe jetzt sofort stehen.

Audrey bat, Una das Fläschchen geben zu dürfen, bevor sie ging; sie hatte unmerklich Aufwind bekommen, und Alissa war machtlos dagegen. Das bisschen Alkohol, das sie getrunken hatte, benebelte sie. Alles hatte den schalen Geschmack der Niederlage, der sie hinderte, die Initiative zu ergreifen, und sei es die, nach Hause zu fahren oder mit Richard zu reden. Er war schon seit einiger Zeit wieder unten. Sein Blick war nicht mehr so unstet, seine Nervosität hatte sich gelegt. Nachdem Audrey und Jim gegangen waren, hatte er die Babytrage übernommen und stützte sich damit auf Alissas Schulter, um seinen Kuchen zu erreichen, der auf einer Serviette neben ihr lag. Seine zärtliche Zwanglosigkeit weckte in ihr eine schreckliche Sehnsucht nach der Unschuld, mit der sie es immer genossen hatte, in der Öffentlichkeit verhätschelt zu werden. Una hing, vollkommen dem Schlaf hingegeben, in der Babytrage. Was für ein unglaubliches Vertrauen musste man haben, um in diesem Lärm und Gestank so tief zu schlafen. Alissa schaute sie nicht länger an, sie hätte schreien können vor Schmerz, weil sie sich angesichts der sich einstellenden Enttäuschungen absolut unfähig fühlte, die Verantwortung für dieses von ihr abhängige Leben zu übernehmen.

Auf der Straße herrschte jetzt fast vollkommene Dunkelheit, und die meisten Autos waren weggefahren. Alissa fand sich nicht mehr zurecht. Aus dem von der Nacht verschluckten Park wehte sie kühler, feuchter Harzgeruch an. Kathy hatte gesagt, sie solle sich gleich nach der steilen Abfahrt rechts halten, doch Alissa hatte sich die Kurve nicht so eng vorgestellt und fuhr geradeaus weiter, zwischen windschiefen Häusern hindurch, vor denen die Grillfeuer und die Lichter erloschen. Sie überlegte, die Franklin Avenue zu nehmen, bog aber zu spät ab und verirrte sich vollends. Richard anzurufen, war zwecklos, er würde das Klingeln nicht hören. Die Vorstellung, einen Mann zu haben, war ihr überhaupt kein Trost mehr, dachte sie mit einem Aufschluchzen. Es war befremdlich, sich nicht mehr auf ihn verlassen zu können, es war das erste Mal seit neun Jahren, es gab ihr das tragische und verwirrende Gefühl, an nichts mehr gebunden zu sein.

Sie brauchte schließlich doch nur eine knappe Stunde, um nach Hause zu kommen. Una war einmal aufgewacht und wieder eingeschlafen. Alissa erkannte im Rückspiegel ihr fast unter der Mütze verschwindendes Gesicht. Sie war erst sechs Wochen da, und von der Freude, die ihre Geburt hätte bedeuten sollen, war nichts geblieben. Es machte Alissa fassungslos, wie gleichgültig all jenen, die ihr solches Glück geweissagt hatten, diese Ungerechtigkeit war, die ihr da widerfuhr. Sie dachte an Audreys Vertrauen in die Zukunft, an Marcellas und Kathys Freiheit und konnte kaum glauben, dass sie all das unwiederbringlich verloren hatte.

Die Anlage war nur noch hier und da von einem Licht aus dem Innern einer Wohnung erleuchtet. Schwefelgeruch lag über der Poolterrasse, wo eine leichte Brise immer wieder die Glut anfachte. Anscheinend waren die letzten Schwimmer gerade erst aus dem Wasser gestie-

gen, es schwappte wie bei starkem Wind. Eine zerfetzte
Rakete, wahrscheinlich aus einem anderen Garten abge-
schossen, schaukelte am Rand, und inmitten von Pfützen und kohlschwarzen Flecken, die die Knallkörper
hinterlassen hatten, standen noch die Liegestühle.

Der Ventilator blies ihr den Duft der von ihrem Vater
mitgebrachten Blumen ins Gesicht, der sich mit dem
Geruch des Fleischs vermischte, das unter ihrem Fenster gegrillt worden war. Alissa brachte zuerst Una ins
Bett. Das Schlafzimmer war kühl geblieben dank der
Klimaanlage, an der sich draußen die Zweige des Durchgangs rieben. Alissa beugte sich über Unas Gesicht;
durch die Gitterstäbe des Betts fiel Licht darauf. Sie beobachtete lange die Schwellung der geschlossenen Lider,
die ausgeprägte Form der Lippen, und hoffte, der ver-
sprochenen Liebe noch eine Chance geben zu können,
doch da kam nichts als dieses quälende Gefühl von
Fremdheit und Verständnislosigkeit, das sie nur für Momente losließ. Richard war immer noch nicht zurückgekehrt, und plötzlich schien es leicht, dem feigen Verlan-
gen nach Flucht nachzugeben, denn auch er stand nicht
mehr zu seiner Rolle. Sie schrieb einen Zettel, den sie
Una auf den Bauch legte, und sagte leise, während sie
die Tür des Schlafzimmers hinter sich zuzog: Tut mir
leid, deine Mutter ist eine schlechte Mutter. Es war verrückt, sich so etwas zu trauen, es war, als fielen alle
Ängste gleichzeitig von ihr ab und verwandelten sich auf
einmal in gefährlichen Leichtsinn.

Der Schlüssel steckte in der Tür; Alissa schloss sorgfältig ab. Auf der Galerie waren alle Fenster dunkel, nur das beruhigende Plätschern des Pools belebte noch ein wenig die Nacht. Sie ging eilig hinunter in die Garage, um ihr Auto zu holen, verfolgt vom Hall ihrer Schritte. Es war zwanzig vor zwei, als sie aus dem Tor fuhr. Ihre Scheinwerfer streiften mehrere unbekannte Wagen, die entlang der nassen Rasenstreifen parkten. Aus einem Haus kamen Leute, die sich an der Hand hielten, ohne miteinander zu reden, und ein Hund zottelte ein paar Schritte hinter einem jungen Mann in Shorts her, der in sein Telefon sprach. Alissa wusste nicht, wohin sie wollte, sie fuhr den Olympic Boulevard hinunter Richtung Meer. Das seltsam euphorische Gefühl, keine Verantwortung mehr zu tragen, begann der Müdigkeit zu weichen. Ihr Geist war getrübt, und ihre Lider juckten. Ein Auto hatte ihr Zeichen mit der Lichthupe gemacht, und ein Lieferwagen, den sie vor sich an der Kreuzung nicht hatte einbiegen sehen, konnte ihr unter wildem Gehupe gerade noch ausweichen. Alissa blieb am Straßenrand stehen. Ihre Muskeln zitterten völlig unkontrollierbar. Benommen, mit rasendem Herzen, fuhr sie im Schritttempo weiter bis zum erstbesten Hotel, das sie fand.

Ein Bediensteter erschien, um ihren Wagen einzuparken, und es war nicht mehr möglich, einen Rückzieher zu machen. Alissa hatte ihr Telefon ausgeschaltet, damit Richard nicht versuchen konnte, sie zur Vernunft zu bringen, und errötete, als sie es beim Kramen nach ihrem Ausweis in der Hand spürte. Die Liebenswürdigkeit der Person am Empfang verwirrte sie. Sie hatte Mühe, den Zettel ordentlich auszufüllen, und als sie feststellte, dass sie kein Gepäck mitgenommen hatte, verlor sie vor dem jungen Angestellten, der sich erbot, sie hinaufzubegleiten, die Fassung.

Das große Zimmer war eiskalt und durch dicke Vorhänge von der Außenwelt abgeschirmt. Alissa schaltete die Klimaanlage aus und öffnete das Fenster, das auf einen kleinen Balkon hinausging. Die Feuchtigkeit der Nacht legte sich klebrig auf ihr Gesicht. Das Meer war nur zwei Straßen entfernt, man hörte es rauschen und sah jenseits der Mole den helleren Schein über dem Horizont. Alissa merkte, dass sie nicht einmal daran gedacht hatte, ihr Waschzeug mitzunehmen. Sie war fix und fertig; bei der Vorstellung, mit einem kreidigen Belag auf den Zähnen schlafen zu müssen, kamen ihr die Tränen. Das Bett war vollgestopft mit Kopfkissen, die nach Waschmittel rochen, sie vergrub ihr Gesicht darin und dachte an nichts mehr.

Sie meinte, eine Weile geschlafen zu haben, doch als mit wachsender Angst ihr Bewusstsein zurückkehrte, waren kaum zwei Minuten vergangen. Die Laken hatten sich um ihre Beine gewickelt, sie befreite sich wütend daraus, um ihr Handy zu holen und anzuschalten. Es zeigte nach zwei Uhr, und es war keine Nachricht da. Richard war nicht nach Hause gekommen oder hatte sie nicht gesucht. Alissa blieb eine Weile auf dem Bett sitzen und spürte in ihren Händen, wie ihre Zähne klapperten. Niemals, niemals mehr würde es sie gleichgültig lassen können, was mit Una geschah, hielt sie sich schonungslos wieder und wieder vor, bis das Mitleid sie erleichterte. Schließlich beruhigte sie sich damit, dass die Kleine nicht mehr so oft aufwachte und Richard ja irgendwann heimkommen musste. Auch wenn er betrunken war, würde er instinktiv das Richtige tun. Auf jeden Fall war sie zu erschöpft, um sich noch einmal ins Auto zu setzen, und außerdem konnte sie es sich einfach nicht vorstellen, jetzt am Empfang aufzukreuzen und das Zimmer zurückzugeben. Sie schaltete also das Telefon aus, legte sich wieder hin, zog das zerwühlte Laken über sich. Ein Schauder überlief ihren Körper, ihre Füße waren eiskalt. Allmählich schlief sie ein. Das Klimpern eines Schlüssels, der ihr Zimmer zu öffnen schien, mischte sich in ihren ersten Traum. Sie träumte, dass sie verhaftet wurde und dass es vielleicht eben das war, was sie sich wünschte.

X

Es war schon nach sieben, die Plastikvorhänge flatterten gegen das offene Fenster. Alissa stand fröstelnd auf, kein bisschen erholt, weder von ihren Schuldgefühlen noch von ihren Ängsten. Sie hatte einen widerlichen Geschmack im Mund wie von nassem Gips; die Hotelrechnung war schon unter der Tür durchgeschoben worden. Das Handy auf dem Nachttisch erinnerte sie in ihrer Benommenheit daran, dass Richard um zwei Uhr morgens immer noch nicht nach Hause gekommen war. Sie beschloss, dass sie gar nichts wissen konnte, bevor sie nicht wieder in der Wohnung war. Sie würde nie mehr den Mut haben zu gehen, überlegte sie, während sie sich der warmen Dusche hingab, und merkwürdigerweise erleichterte sie dieser Gedanke.

Im Auto entschloss sie sich doch, ihre Nachrichten abzuhören. Bei der ersten wurde nichts gesagt, man hörte nur Leute miteinander reden. Bei der zweiten bat Richard sie, so schnell wie möglich zurückzurufen. Er sprach mit seltsam artikulierter und zugleich erregter

Stimme. Jim hat versucht, Audrey zu erwürgen, erklärte er, er hat sich eine Kugel in den Bauch geschossen, man weiß nicht, ob er durchkommt. Bei der dritten schluchzte und fluchte Richard und flehte wütend, hilflos, sie möge doch ihr Telefon anschalten. Dann gab es noch einen Anruf ohne Nachricht von halb sechs Uhr morgens. Alissa versuchte zu starten. Sie hatte ihre Gesten nicht mehr unter Kontrolle, weinend dachte sie, sie schaffe es nie bis nach Hause.

Stille lag über der Wohnanlage, die Werktagsstille, die sie nur allzu gut kannte, die sie sich aber in dieser Situation nicht zu erklären vermochte. Sie fragte sich, ob Richard möglicherweise nach Hause gekommen und schon wieder zur Arbeit gefahren war. Aber im Grunde war sie unfähig zu denken. Mit einem leisen Klirren der Scheibe schloss sich die Tür der Galerie hinter ihr, und da stand auf einmal Ivan auf der Schwelle seiner Wohnung. Er war sehr plötzlich aufgetaucht und starrte sie wütend und zugleich erleichtert an. Wir haben die Tür aufbrechen lassen, sagte er, immer noch ganz perplex bei ihrem Anblick. Sie ist oben bei Doris, wir wussten nicht, wen wir anrufen sollten.

Richard war nicht nach Hause gekommen. Alissa hätte nie gedacht, dass sie sich weder erklären noch für irgendetwas entschuldigen müsse. Der Tränen, die ihr in den Ausschnitt tropften, war sie sich kaum bewusst. Ivan kam auf sie zu und schien mit seinen Flipflops absichtlich über den Beton zu schlurfen, um ihr nicht zu rasch sein Mitleid zu zeigen. Was ist denn so schrecklich, meine Hübsche, spöttelte er freundlich und trocknete ihre Wangen mit dem Ärmel seines Sweatshirts. Alissa stieß seinen Arm zurück, es sei nichts, erwiderte sie, sie werde Una gleich holen, sie wolle sich nur vorher die Zähne putzen. Sie wagte nicht mehr ihn anzusehen; dass sie unweigerlich ihren Zettel gelesen haben mussten, erfüllte sie mit quälender Scham.

Der Zettel war ins Bett zurückgelegt worden, dorthin, wo im zerknitterten, ein wenig feuchten Laken Unas Panik ihren Abdruck hinterlassen hatte. Alissa las mit unendlicher und, wie sie wusste, unstillbarer Reue: *Tut mir leid, ich werde es niemals schaffen zurückzukommen.*